慢讀唐詩

悠然人生的55次美好相遇

琹涵

自序——和唐詩的美好相遇

在我，每一次和唐詩的相遇，都是美好的。

年幼時，唐詩是我朗朗上口的歌謠，至於詩裡說的是什麼？我太小了，無從領會。只是把它當歌兒唱，一唱、再唱，唱得百花遍地開，那花兒也上了母親的臉頰，化為一朵又一朵的微笑。

那時，我以為，唐詩是有魔法的。也許它有著神奇的密碼，只是我無由得知。

然後，我開始上學，識字了，母親迫不及待的帶著我上圖書館。在那個物質普遍貧窮的社會，為著一家大小的衣食溫飽，就已經夠讓父母勞累傷神了，少有餘錢讓孩子們買書。圖書館裡的豐富藏書，在我的眼裡，簡直有如寶藏一般，埋首書堆，文字為我構築了一個寬廣迷人的世界。

我幾乎不說話，嫌說話費力氣，我只要看書就好。看各種的書，也看唐詩，從有注音的到沒有注音的，從有注解賞析到沒有注解賞析的，也從各種選本到專家詩。唐詩裡到底寫的是什麼？年少時，我帶著憧憬，拼命仰望，然而像雲霧般的迷離，我又何曾看得真切呢？隨著歲月的流逝，我逐漸的長大，讀了中文系，詩詞終於為我一一揭開了它神秘的面紗。尤其，在我明白詩人創作的背景、寫詩的動機，有時候，詩人的生平和時局的動亂、個人的際遇是密不可分的。他們在詩裡寄託了一己的殷殷情意，讀了，更讓我心生不捨。他們竟然成了我今生的故人和知己，更是我努力學習的典範。如果，他們在輾轉流離、悲苦嘗盡以後，還能還贈給世界如此美麗、永恆的詩篇，我唯有衷心嘆服，哪能再置一詞？

原來，唐詩真的是有密碼的。它的密碼是愛，是那一點不忍之心的悲憫，也是那發自內心的情真意切，終於使一切都不同了。千百年來依舊感動也鼓舞了一代又一代的讀者們，唐詩終究成了經典，溫暖也撫慰了無數中華兒女的心。

如果，你一定要問：哪一家的詩最好？

如今我們能讀到的唐詩，早已經過漫長歲月的淘洗，有如金玉一般的燦美。每一家詩都是好的，只是是否適合你此刻的閱讀心情罷了。如果你一定要求答案，我也只能笑而不答。總要性之相近，其間還有因緣的殊異，真的是「如人飲水，冷暖自知」了。

讀唐詩，我們都是由易而難，由簡而繁，由字數少到字數多，由近體詩到古體詩。這跟年齡有關，也跟閱歷有關。無須揠苗助長，慢慢讀，細細品味，唐詩是值得以「好友」相待的。如此莫逆於心，時刻相從。有一天，當我們遭逢困厄，艱難行路，甚至心灰意冷，自覺再也走不下去時，突然心中浮現了詩句，也許是「山重水複疑無路，柳暗花明又一村」，給了我們莫大的鼓勵，又能繼續堅持下去。也許是「行到水窮處，坐看雲起時」，讓我們內在的糾結豁然能解，再無罣礙在心頭了。

這樣的例子隨處可見，人間行路，有多少困難險阻又哪裡是我們事前所能預知的呢？

小時候，我們讀唐詩，李杜王孟，是我們最熟知的大詩人，其實，傑出的詩人當然不只這些。可以從喜歡的先讀，那可能會是和你性情相近的，讀完，再讀詩人好友的詩，或者與他齊名詩人的詩、同時期詩人的詩……不用擔心找不到好詩人的作品來研讀。長大以後，我們會知道更多的詩人，也可以選一家做長期研究。在我周遭的朋友裡，有人專研「李白詩」，也有人傾心「陶淵明詩」、「李賀詩」的，不一而足。各有偏愛，也表示了高度的興趣。

有一段日子，我也喜歡李商隱的詩，時有含意隱晦、意境朦朧之美，讓人讀了蕩氣迴腸，不免為之往復低迴。他的「錦瑟」詩美麗如夢卻又孤寂淒涼。「無題」詩的撲朔迷離，唯美浪漫，後世想要加以解讀卻未必可得……在在扣人心弦，我想，我是太好奇了。

潛心研究某一家詩，已經不只是熱中，而是做學問了。

你願意這樣做嗎？衣帶漸寬終不悔，卻也樂在其中，多麼讓人佩服！

現代的人生活緊張壓力大，而壓力來自許多層面，如工作、人際、親子等等，從而衍生了種種身心方面的不適。看起來像是生病了，偏偏上醫院，又檢查不出病因，怎麼會這樣呢？是我們的調節失能？這時抒壓，變得分外重要。有人去運動，可是運動必須外出；有人出國旅行，那還得排定休假，花錢又花時間，還未必走得開；有的努力找各種樂子，下棋、種菜、手作，畫畫、唱歌……，在我，則是閱讀。只要有一書在手，其樂也無窮。然而，書海這般浩瀚，又該如何加以選擇呢？讀你喜歡的，那麼，就來讀唐詩吧？如此精粹優美的文字，可以帶著你的心靈飛翔，翻越過萬水千山，給了你一個寬闊美麗的桃花源，何只落英繽紛，忘路之遠近。

當你掩卷，你彷彿從一個美麗的夢境中悠悠醒轉，疲憊的心靈受到了洗滌，書中的智慧更是啟發了你。你終究明白，世上有人比你更苦，哀傷的心也並非只有你一人，詩人歷經的坎坷比你更多，於是，你因此增添了勇氣和希望，更可以快樂的出發。不再畏懼，不再裹足不前、遲疑彷徨，你可以的，堅持是必須，請勇往直前。

我喜歡唐詩，那樣的一個輝煌的、屬於詩的盛世，相信後代已經難以跨越。上有好之者，下有趨之如騖者，上行下效，蔚為風氣。每有好詩出現，立刻四處傳唱。唐詩分初盛中晚四期，詩人多，佳作多。如果每一首詩都是一朵花，那真是花團錦簇，勝景無數了。名花異卉固然美不勝收，迷人眼目，即使只是小花，也依舊各有可愛，也有引人入勝之處。

每個人都很容易的在唐詩的大花園裡，尋覓到自己鍾愛的花朵。

我更喜歡的是，我可以從唐詩中找到屬於自己的心情，從而引發共鳴。在唐詩裡，細細的讀，也慢慢的讀。以生活的經驗來檢視，也以生命的履痕來印證。那樣的狂喜，是一生中難得的體會。彷彿千百年前就已經有人了解你，為你寫下了詩篇，靜靜的等待你來閱讀，那是多麼讓人感動的一刻。為了一個知音的眼眸，縱使遠隔千年也如同一瞬。為此，等待也是一件美麗而幸福的事。

那麼，讀詩的人呢？也唯有深深感謝，感謝相遇的美好，如此幸運，也如此難忘。

我以兩年的長考，終於同意《慢讀唐詩》的重印。開始作業時，才發現，之前夏日版的處處用心，讓如今的超越變得困難重重；偏偏我又覺得，只有以更好更豐富的內容、更美更高雅的封面，重印才有它的實質意義。於是，不只是文章的增加，還有那一字一句的重新修訂，其間的辛勞，所耗費的心力，簡直不亞於寫一本新書了。

需要這樣嗎？我以為必須。如此才不辜負當年《慢讀唐詩》讀者們的盛情支持和熱烈鼓勵，然而，出版社早已馬仰人翻，主編和我更是備受震撼與壓力。

可是，我還是認為，這樣的辛苦是值得的。

至少，我們已經盡力了，而且誠意十足。

相信，細心的讀者們必然有所察覺和領會。

瓊如，是這本書的主編，她跟我說：「對我來說，閱讀每一首詩都是一次美好的相遇。唐詩如此之多，能夠讀到您寫的這55首，是一種緣分。沒讀到的，不是不好，只是還沒機會遇到，閱讀如此，人生也是如此。希望讀者也以這樣的心情來閱讀這本書。」

她說得多麼好啊！

《慢讀唐詩：悠然人生的55次美好相遇》在今年的四月和讀者們見面，希望它會是春日晴空裡一朵美麗的雲，也美麗了我們的人生。雲淡風輕，日日好日。這也是我對你的祝福。

當我們能在《慢讀唐詩》中相遇，基於對唐詩的共同喜愛，這樣的因緣，也是另一種美好。

慢讀唐詩。是的，當你打開了書頁，請慢慢讀，跟心靈一起。

琹涵　二〇一七年二月

導讀——開始讀懂唐詩

琹涵

最近，我那讀幼稚園的姪子安安和姪女庭庭來玩時，常興致盎然的到我的面前來背唐詩。不論是五言或七言，絕句或律詩，優美的詩句飛揚，連日子都美麗了起來……即使是在他們離去以後，我依然陷落在那晶瑩剔透、高雅潔淨的氛圍裡，心中有著無限的感動。

希望他們讀唐詩的歲月能長一點，希望他們長大以後都能記得這溫馨的一刻，更希望詩能走進他們的心中，成為溫柔敦厚的人。

我們何其有幸是一個愛詩的民族！又何其幸運有唐一代，讀詩、寫詩蔚為風氣，初盛中晚，分為四期，造就了詩壇眾多的赫赫名家。

膾炙人口的詩作宛如滿天燦爛的星光，美麗了整個夜空，那是永恆的繽紛。

那是一個對文學敬重的年代，上行下效，風行草偃。詩，在唐代閃耀著光芒，無可匹敵和替代，也造就了唐詩的輝煌和不朽。

無論李白、杜甫，無論王維、孟浩然，無論高適、岑參……他們各有特色，相互輝映。千古以來，他們的作品傳誦不絕，撫慰了一代又一代的中華兒女，也提升了讀者的心靈層次。彷彿是一隻鳥，可以高歌，可以飛翔，可以衝破重重險阻、迎向光明。

忙碌的現代人更要親近唐詩，為什麼？

如果，您原本喜歡文學，當然深知唐詩的雋永，是人生最好的陪伴書。如果，您學的是理工，更需要人文的滋養，作為生活的調劑，唐詩，無疑是最佳的選擇。

唐詩字字精粹，那是文學的珍珠。以極其精簡的文字，卻表達了無限的情感，叩響了不計其數讀者的心弦。

可以在休閒的時候讀。想像自己是天上的一朵雲，偷窺著人間的憂歡；想像自己是一片落葉，飄零在此萬紫千紅的塵世；想像自己是一泓清泉，奔流到海不復返……

可以在情緒起伏的時候讀。不論哀樂悲喜，詩人早已經歷，而且發而為詩。當我們讀詩，也讀詩人的情感，原來，詩人是知音，洞悉了我們所有的離合悲歡。

可以在困頓灰心的時候讀。詩人也曾被貶抑、被流放，遠離故鄉家園，暌違故舊親人；詩人也曾流離失所、夜不安枕，被冤屈、被誤解，那樣的傷痛悲苦恐怕更甚於我們，詩中歷歷所陳，無可遮掩。那麼，相形之下，我們並不孤單、絕望。

「書卷多情似故人，晨昏憂樂每相親。」這是明朝于謙〈觀書〉中的句子，如果把「書」改成「詩」，那就是我讀唐詩的心情了。

我們如何進入唐詩的世界？

以六把鑰匙，為您打開唐詩的大門：

一、從興趣開始

先讀一些自己喜歡的小詩，因為喜歡，所以願意背誦，時日久了，就記住了。當生活裡或生命中的某一個相似的場景出現，存在腦海裡的詩句立刻自然的湧現，我們驚嘆唐詩的精采，竟是這般的貼切和美好。

二、從吟唱開始

拉長了聲音來吟唱，更能品味出詩中低迴的韻味。如今，有以河洛語、客語來吟唱的，也有許多唐宋詩詞早已灌錄譜曲，成了動人的歌，如〈滿江紅〉、〈月滿西樓〉等等，更有唐詩新唱，呈現多種風貌，更加親和、有趣；甚至還有網路教學的，配上動畫和賞析，自學也可以。

三、從競賽開始

我有個好朋友，小時候常和弟弟競誦唐詩，長大以後的他們竟都還記得，每回見面時，又可以再來比賽誰背得多，記得牢……唐詩之美映現了他們無憂的童年和手足的深情，多麼讓人羨慕，也成為過往歲月中最溫馨的記憶。他們終生都是愛詩人，也擁有很好的文筆，為工作加分，為人生增添顏彩。

四、做獨家剪貼本

知名作家琦君曾經把自己喜歡的詩詞抄錄下來，在一個小本子上，隨時可以翻閱記誦，奠定了國寶級作家的文學創作基礎。現在流行「手作」，我們不妨也將欣賞的唐詩收錄在剪貼本上，配合詩的意境，配上圖片或插畫，並且加以設計編排，同時增進審美眼光，這「獨家剪貼本」可是千金難買，有自己的心血和回憶呢！

五、相互交換心得

古人說：「獨學而無友，則孤陋而寡聞。」這話的確是有道理的。所以，我們也需要結合喜歡詩的朋友，一起閱讀、欣賞，相互交換心得，一定可以更深入的領會唐詩種種的好。

六、也來嘗試寫詩

因為想要嘗試著寫詩，方知提筆不易，就會更認真的讀詩，細細品味、揣摩，更能體會出唐詩的雋永和芬芳。網路上的部落格、臉書等，也有很多人寫詩，都不妨觀摩學習。

能做到這樣，幾年下來，其實，在無形中已經增進了閱讀和寫作的功力，恐怕連自己都要驚奇了。

唐詩是美，而所有美的境界都是相通的。

多年前的夏日，我曾經在一個偶然的機緣下，和朋友一同去探訪畫家于彭。看他作畫，還喝了茶，不料黃昏近了，我們正要告別時，居然下起了滂沱大雨，因著那場大雨，我們留下來吃畫家煮的麪，說更多的話。對畫，我雖然喜歡，卻不曾深入研究，然而所有創作的艱難是相通的，那天，也算相談甚歡。

畫家後來讀了我的小書，據聞，私下讚嘆不已，說：「怎麼可以寫的這麼好！」實則，畫家的畫精采之至，表面看起來，文字和圖像是不同的表達方式，然而殊途同歸，都在傳達真善美的訊息。

那麼，我們怎麼進入唐詩的境界？

除了咀嚼文字、細細體會之外，遊山玩水可以，讀其他好的文學作品可以，高人的指點、師長的帶領可以，聆聽音樂可以，觀賞畫作可以，甚至人生的閱歷也可以……更重要的，在於有一顆敏銳、細膩的心，肯用心，那麼，天下豈有難事？

初學者不妨以清朝蘅塘退士編選的《唐詩三百首》作為參考，那是相當好的選本。坊間還有其他的各種選集，有白話注釋和翻譯，甚至賞析等。可以各憑喜好，加以涉獵。文建會的「愛詩網」還有古典詩的欣賞和吟唱。

唐詩宛如一座桃花源，有落英繽紛，讓人忘路之遠近，徘徊留連而不忍離去。

親近唐詩，探究人文之美，讓詩的雋永美好，澆灌了我們枯寂的心靈；那也是生命的源頭活水，為我們展現了它活潑不息的生意。

唐詩不只優美，更有它深刻的意涵。每天，我在熹微的晨光中，展書吟誦，是歡愉的開始；當我面對著滿天的雲霞，誦讀唐詩，竟也是一日豐美的句點。

我多麼喜歡這般恬靜的、屬於詩的生活！

目次

自序——和唐詩的美好相遇 3
導讀——開始讀懂唐詩 11

卷一 坐看雲起時

有情——孟浩然／〈春曉〉 28
逍遙遊——司空曙／〈江村即事〉 32
蔚藍天空——孫逖／〈宿雲門寺閣〉 36

春山夜靜——王維／〈鳥鳴澗〉 40
山居歲月——王維／〈竹里館〉 44
常思清音遠揚——常建／〈題破山寺後禪院〉 47
當我歸來——錢起／〈暮春歸故山草堂〉 51
心中的陽光——朱放／〈題竹林寺〉 55
文學的夜空——韋應物／〈滁州西澗〉 59
心靈的風景——薛瑩／〈秋日湖上〉 63
心靈深處的小花——李商隱／〈夜雨寄北〉 67
繁華一夢——韋莊／〈金陵圖〉 71
輪椅上的阿嬤——來鵠／〈雲〉 75
別有一番滋味——元稹／〈菊花〉 80
悠然自得在田園——王維／〈終南別業〉 84
雲水悠然——白居易／〈白雲泉〉 87

卷二

散步詠涼天

只要今天平安歡喜——杜秋娘／〈金縷衣〉 92
絕美，只在剎那——李頎／〈送魏萬之京〉 96
珍惜人間情緣——李白／〈登金陵鳳凰台〉 101
逝水年華——李白／〈下江陵〉 105
今生緣會——韋應物／〈秋夜寄邱員外〉 108
回憶總是美麗——李益／〈喜見外弟又言別〉 111
燦如陽光——白居易／〈草〉 115
窗前好讀詩——白居易／〈問劉十九〉 118
春日晴好——杜甫／〈曲江〉 121
一路走來——王梵志／〈他人騎大馬〉 125
誰家廚娘好本事——王建／〈新嫁娘詞〉 129

今天，磨劍了嗎？——賈島／〈劍客〉 134
溪流上的雲朵——張文姬／〈溪口雲〉 138
夏日——高駢／〈山居夏日〉 143
耕耘歲月——李紳／〈憫農詩〉 147

卷三 天涯若比鄰

一朵苦澀的笑——王勃／〈送杜少府之任蜀州〉 152
歲月花瓣——賀知章／〈回鄉偶書·二首其一〉 156
只餘一抹記憶——賀知章／〈回鄉偶書·二首其二〉 160
魂夢深處——王灣／〈次北固山下〉 164
浮生若夢——王之渙／〈登鸛鵲樓〉 169
一片冰心——王昌齡／〈芙蓉樓送辛漸〉 173

圓滿與惆悵——崔護／〈題都城南莊〉 177
愛垂釣的朋友——胡令能／〈小兒垂釣〉 181
遙想明潭——趙嘏／〈江樓有感〉 185
彩雲飛——趙嘏／〈聞笛〉 189
流光夢影——李商隱／〈錦瑟〉 192
那個幽靜美麗的地方——杜牧／〈秋夕〉 196
為了心愛的人——賀知章／〈詠柳〉 202
不是別離——朱放／〈送溫臺〉 207

卷四 獨釣寒江雪

閒雲一朵——李白／〈敬亭獨坐〉 212
當年寂寞心——柳宗元／〈別舍弟宗一〉 215

寂天寞地一漁翁——柳宗元／〈江雪〉 219
寂寞月色——劉禹錫／〈石頭城〉 222
心中的竹——白居易／〈題李次雲窗竹〉 226
詩人之淚——戴叔倫／〈三閭廟〉 228
思念的雲梯——顧況／〈過山農家〉 232
暗夜裡的淚——耿湋／〈秋日〉 236
期待美好的明日——劉禹錫／〈浪淘沙〉 240
人間憾恨——李商隱／〈暮秋獨遊曲江〉 243

卷一 坐看雲起時

有情

春天的時候，我在窗前，細細的讀一首和春天有關的詩。春天的好詩何其多，我喜歡孟浩然的〈春曉〉：

春眠不覺曉，處處聞啼鳥；
夜來風雨聲，花落知多少？

春天裡，經過一晚的酣眠，不知不覺天已亮了，隨處都可聽到鳥的嚶嚶鳴唱。想起了昨夜的風雨聲，真令人擔心那些嬌嫩、美麗的花朵不知飄落了多少？

詩人何其多情啊！

詩的好，在於用清淺的文字，卻寫出深刻的蘊涵。春光美麗，蜂飛蝶舞，鳥鳴花唱，一片熱鬧；詩人卻把筆觸轉向了春夜，寫風雨，寫花落，藉此烘托出春花的豐美和繽紛。

記得，那日，也是個春天，朋友亞南來，中午我們要一起外出用餐。經過前陽台時，蝴蝶蘭開得正盛，紫色的花彷彿就要化蝶飛去了。我知道，亞南帶了攝影裝備來，便央她替蝴蝶蘭留下倩影。

「沒問題。」亞南拿出了她的單眼相機還有長鏡頭，打算來個特寫。拍了一張，又嫌花旁的鐵線礙眼，立刻伸手拔了去。一拔，方知大事不妙，原來那根鐵線還是支柱。這下子，沒個依靠，花兒全都垂下頭來。

亞南見狀大驚。忙著插回去，再把花朵一一扶正，嘴裡還一疊聲的說：「對不起，對不起，對不起喔。」我聽了，忍不住笑了起來。

兩年前吧，我的同事秀珠知曉我沒種蘆薈，特地從她家挖了幾株來，一一替我栽在陽台上。臨走時，檢視一番，還特別叮嚀：「要好好的長，乖乖的喔。」一樣讓我忍俊不住。

是她們別有赤子情懷，也把植物當人看待。那些植物似乎也聽懂了她們的言語和心意，願意以美麗回報。

此刻，我有些迷惘了起來，到底真正有情的，是植物？還是人呢？或者，兩者皆是？

孟浩然——六八九——七四〇

字浩然，本名浩，世稱「孟襄陽」。與王維齊名，並稱「王孟」。孟浩然是唐代田園詩派的代表人物。他的詩，大多寫田園生活和隱逸、旅遊。繼陶淵明、謝靈運、謝朓之後，開起盛唐田園山水詩派的先聲。清淡、自然的詩風在唐詩中獨樹一幟，格調甚高，頗受後人推崇；甚至被認為，其高妙之處來自內心的修為，與文字筆墨的巧拙無關。

其詩多為五言短篇。知名詩作有〈秋登萬山寄張五〉、〈過故人莊〉、〈春曉〉等篇。

逍遙遊

你如何看待自己的人生？

其實，人生無論長或短，都不過是一趟旅行罷了。旅行的心情，不宜過於沉重，最好是順勢隨緣。山光水色固然都是美，鳥語花香更是回憶的好篇章。

不快樂，常常是因為執著太深了。無法放下，是由於不肯放下。

我讀唐朝司空曙的〈江村即事〉：

釣罷歸來不繫船，江村月落正堪眠；
縱然一夜風吹去，只在蘆花淺水邊。

有幾叢蘆花，就在江水邊隨著風搖曳，江上有小舟來來去去，岸上住著幾戶人家……這都是尋常江村的景色，顯得一派平靜安閒，果真是「歲月不驚」了。漁人釣完了魚，閒閒的走回來，享受了單純的垂釣之樂，慢慢的把船停靠在岸邊，也不繫上纜繩。把船停妥以後，此時，月亮早已落下，夜已經深沉了，村子裡一片寂靜，正是睡個好覺的時刻。縱使這條不繫之舟整夜飄蕩，就算被風吹了去，也不過是在蘆花淺水間罷了。

彷彿是江村生活的白描。實則是淡語有味，讓人喜歡。

讀這樣的詩，有一種豁然開朗的況味，何必汲汲營營？富貴名利，於我何有哉？彷彿世事已經看透，管他成敗榮枯，再也不會縈繞於心了。就做自己喜歡的事吧，人生啊，瀟灑走一回，又有什麼遺憾的？

讓人想到蘇東坡的〈定風波〉中的句子：「莫聽穿林打葉聲，何妨吟嘯且徐行，竹杖芒鞋輕勝馬，誰怕？一簑煙雨任平生。」讀來，或不免有幾分狂傲，然而又是何等的開朗和自信。幾人能夠呢？無視於眼前的風雨，可以瀟灑的在雨中漫步吟詩，一管竹杖、一雙草鞋，穿著簑衣，哪裡都無需懼怕，也哪裡都去得了。這是多麼寬闊而豁達的人生態度啊！

我們所冀望的，就是這種開闊的人生觀。心，不再讓俗事所捆綁，也不受焦慮的煎熬。即使仍不免遭逢狂風暴雨，也能當作清風明月，一片寧靜愉快。如此的境界，多麼讓人欣羨。

可是，為什麼我們做不到？那是因為我們都是凡俗之人，勘不破名韁利鎖，卻又過分在意外物的得失。心，既然不得閒，我們的生活也就逐漸庸俗了。

唯有超脫對現實生活物欲的渴求，我們的心，才能提升到一個更為高潔的領域，也才能真正融入那安恬自適的境界，享有寧靜自在的美。

司空曙——約七二〇——七九〇

字文明，或作文初。

磊落有奇才，詩作樸素真摯，情感細膩，以寫自然景色和鄉情旅思為主，婉雅閒淡，多有名句。擅長五律，是大曆十才子之一。

蔚藍天空

我喜歡蔚藍的天空，你呢？

或許，我更喜歡的是藍天上的白雲？

記得，我曾讀過孫逖的〈宿雲門寺閣〉：

香閣東山下，煙花象外幽；
懸燈千嶂夕，卷幔五湖秋。
畫壁餘鴻雁，紗窗宿斗牛；
更疑天路近，夢與白雲遊。

這首詩說的是，香閣位在東山之下，一片煙雲繚繞，香花散播著芬芳的氣息，超然於物象之外，顯得格外的幽靜清雅。夜裡，掛上燈，外頭的千峰屏障也都黝暗，白天捲起了簾幔，又有涼意襲人，想是五湖已臨秋色。憶起昨日觀看那壁上的圖畫，只留鴻雁的身影依稀可辨，晚間睡在山房裡，透過紗窗，只看到斗牛二星在天際。這時候，我懷疑因為地勢高，幾乎與天相近，所以夢寐之中悠悠盪盪，彷彿置身在白雲之上呢！

細讀來，真正令我悠然神往的，該是「夢與白雲遊」吧！

我的朋友剛從西班牙和葡萄牙旅遊回來，興沖沖的拿了照片來和我分享。

我們逐一細看，三百多張，很是花費了一些時間。終於全都看完了，我由衷的說：「拍得還真不錯！不論人物、建築、景色，都很好看。我印象最深刻的，卻是藍天白雲。」的確，聖家堂固然別具一格，市政廳、旅館、都會區……也都美不勝收；然而，讓我一見傾心的，卻是那蔚藍的天空有如一片汪洋，飄浮的雲朵竟像是浪花，潔白無塵，不斷的簇擁而來。

怎麼會有那麼漂亮的天空？藍得那般迷人，有如寶石？

朋友卻說：「希臘的天空更美。其實，我們的花蓮也不錯。」接著又說：「除開台北，台南的黃金海岸、屏東的墾丁……也都有著美麗的天空啊！」

只是，為什麼台北沒有？它還是首善之區呢。是因為空氣的污染日漸嚴重？是由於沒有美麗的湖光山色相互映現？

唉，台北人文薈萃，然而，大量排放的廢氣，卻使得這座城顯得灰濛濛的，日益黯淡，多麼讓人不忍。

每天當我路過華江橋時，總要瞧一瞧天空，偶爾看到淺藍的天際，有白雲悠緩的行過，常不免為之雀躍。那一整天都有著不錯的心情，做起事來，也很歡喜。

是因為我的心也隨著白雲去流浪了？在寬闊無邊的藍天裡，竟覺得一切都可以悠游自在，沒有罣礙，也難怪日日都是好日，時時都有好心情了。

我願是藍天裡的一朵白雲，自由舒捲，遊走在我夢想的國度裡，有著說不盡的逍遙。

孫逖　六九六——七六一

自幼能文，才思敏捷。孫逖十五歲時，曾面見雍州刺史崔日用。崔日用出題令其作賦。孫逖援筆立就，妙趣橫生，讓人驚嘆。唐玄宗開元十年（七二二），經崔日用推薦，以超凡文筆，得玄宗器重，升為左拾遺，後又升為考功員外郎、中書舍人，起草詔令，文墨優美，無人匹敵。張九齡閱其文稿，曾反覆推敲，竟未能易一字。孫逖任信州刺史時，一年，遇大旱，令開倉放糧，以低價直接售予百姓，使他們度過災年。

春山夜靜

閒居時，越來越喜歡讀一些清淺有味的小詩。只要幾句，反覆吟誦，頓覺日子清新美好，南面王不易呢！

有時候我讀《唐詩三百首》，有時候也讀當年國文課本中選錄的詩詞，彷彿年少的歲月近了，那青春洋溢、微帶天真的心情也近了。

我一直都很喜歡王維的詩，清新而動人。

王維的〈鳥鳴澗〉是一首悠閒寧靜的詩：

人閒桂花落，夜靜春山空；
月出驚山鳥，時鳴春澗中。

夜宿在山中，正由於內心的閒適，再無俗事掛心頭，感覺也就格外的細緻敏銳，看到桂花的隨風飄落，在這春天寧靜的夜晚，除了自然的音韻，不曾聽聞其他，整座山彷彿是空的。當夜更深的時候，皎潔的明月從浮雲中顯現照耀，山中的鳥兒驚醒過來，竟然以為那是清晨的陽光，常常聽到有鳥聲啁啾，迴盪在春天的山澗之間。

有桂花的香氣，有春夜的寧靜，那是因為詩人悠閒的心。春天帶來了無限的生機，四處朝氣蓬勃，一片盎然，春山哪裡會是空的？是由於安靜無聲，才會有這樣的誤會吧！當詩人聽到山鳥在春澗的啼聲，好似透露著驚惶不安，心中推測，恐怕是月光太明亮了，驚醒了熟睡中的鳥兒。

最是多情的，就屬詩人了。

這首詩的前兩句，寫的是閒，後兩句寫的是驚，一靜一動，讓詩更為靈動，讀來也更有韻味。

詩中描寫的是春夜山間的景色。或許是因為我曾經有過山居的歲月，那樣的靜謐幽遠，時常在我的心中，即使別後，依舊不免懷想。只是，如今只能在夢中相尋，在詩中相逢了。

每當讀到這樣的詩，常令我的心思重回那段住在山上的日子，老在山徑上閒閒的走著，看雲看山，賞花觀樹，那般的閒適，哪像是在人間呢？可惜那時年少，雖然明知難得，卻並不曉得該如何珍惜。直到離去，直到回返萬丈紅塵的都會，終於清楚的知道自己曾經有過的幸運，然而，時光早已不再了。

只有讀這般可愛的詩，喚醒我曾有過的年少歲月，多少惆悵在心頭！

王維

七〇一——七六一

王維精通佛學，佛教有部《維摩詰經》，是維摩詰向弟子們講學的書，王維很欽佩維摩詰，所以取名維，字摩詰。

天寶末年，安祿山攻佔長安，王維受其脅迫為官。安祿山兵敗後，王維得到赦免，任太子中允，後轉尚書右丞，世稱「王右丞」。

王維詩、書、畫都很有名，多才多藝，還精通音樂，受禪宗影響很大。他創造了水墨山水畫派，還兼擅人物、花竹，精通山水畫，對山水畫貢獻極大，被稱為「南宗畫之祖」。

蘇軾評價王維的詩：「味摩詰之詩，詩中有畫；觀摩詰之畫，畫中有詩。」王維以五言律詩和絕句著稱，號稱「詩佛」。前期的詩多反映現實，後期則是描繪田園山水，他的田園詩極佳，語言清新凝鍊，樸素中有華采。

山居歲月

山居的歲月如詩，尤其在回顧的時刻，深以為那是上天恩賜的大禮。我何其幸運，受到這般的恩寵！

大學四年，學校在高高的陽明山上，雲裡來霧裡去，我讀心愛的文學，在山徑上閒閒的走著，迎晨曦、送斜陽，說不盡的詩情畫意。那是我一生中最為美麗的歲月，繽紛而且永恆。

會不會也是因為這樣，我極為偏愛王維的小詩，可以為我的山居歲月印證。每讀一回，就有一回的歡喜。

王維的〈竹里館〉，也是我經常誦讀的，讀它千遍也不厭倦。

這首詩是這樣寫的：

獨坐幽篁裡，彈琴復長嘯；
深林人不知，明月來相照。

一個人獨自坐在幽靜的竹林裡，彈著古琴，興起時，高聲吟嘯，以抒發心中鬱積之氣，悠長清越，彷彿煩惱也跟著遠去。由於人在深林之中，離喧囂遠了，不論彈琴長嘯都能自得其樂。在這深邃的幾乎與世隔絕的林子裡，恐怕沒有人知道我的存在吧？靜寂中卻也淒清落寞，大自然才是知音，這時，一輪明月從雲層中露出臉來，殷勤相照，默默陪伴。

王維的晚年，曾在終南山下，修築了輞川別墅。聽說，那原是宋之問的藍田別墅舊址。那般悠閒的隱居生活，表現在詩裡，更是怡然自得了。感謝恬美的歲月，使詩人寫下了這麼多好詩，傳誦千古，也成為愛詩人心中的文學瑰寶。

這首詩寫的是山居歲月的獨居心情。

獨居的詩人真的寂寞嗎？有大自然的撫慰，答案應該是否定的。

如果詩人害怕寂寞，就不會遠離塵囂，居住在輞川別墅，想必詩人的心性如此，看多了人世的離合悲歡，寧願與自然為伍，傾聽竹林裡天然的音韻，和明月古琴相伴，何等的悠游自在。

我的山居歲月，不曾留下任何的詩句，彷彿「船過水無痕」嗎？其實，也未必盡然。生命中曾經走過的，相信必然留下了或深或淺的足跡。當微風吹過，當明月的清輝灑下，當我再讀王維的小詩，我心中記憶的匣子便輕輕開啟……

藉此，我的心，再度走向過去，走回陽明山繽紛的日子。我知道，那段美麗的歲月，從來不曾被遺忘。

常思清音遠揚

年少時，我曾住過白河。白河是個清幽小鎮，民風純樸，廟宇也多，附近的大仙寺、碧雲寺，也都香火鼎盛，那是庶民虔誠的信仰。

後來，我搬回到台北。近郊北投的農禪寺，有我敬愛的聖嚴師父，土城的承天禪寺也膾炙人口。

我喜歡那清音遠揚的鐘磬，聲聲直入雲霄，讓我們忘卻了紅塵煩憂，心靈提升到一個更清靜無染的境界。

我讀常建的〈題破山寺後禪院〉：

清晨入古寺，初日照高林；
竹徑通幽處，禪房花木深。

山光悅鳥性，潭影空人心；
萬籟此俱寂，惟聞鐘磬音。

清晨詩人信步走進古寺，只見初升的太陽，照在高高的林端。隨著竹林曲徑通幽，就在花木深濃處，有一間間幽靜的禪房，那是出家人修行的地方。此時，金色的陽光微煦，照亮了山頭，四下悄然，只有鳥兒自在紛飛，大自然如此和諧共榮，迎接著美好日子的來臨。俯瞰著深潭，映現出一片天光雲影，何其美麗，就像是鏡子一般空靈，當我的心也像這樣，如果能不沾黏停滯，也必然顯得澄澈起來。一切寂然無聲，物我已經兩忘，驀然聽到寺裡傳來鐘磬的梵音，原來和尚們也要開始一天的修行了。

這是一首寫寺院的詩。破山寺即興福寺，距離常建的走訪已有兩百多年了，難怪是他眼中的古寺。詩人藉由自然風光，而領會到禪機的意趣，放下世俗的雜念，以追求完美理想、寂靜的境界。

唯有當我們能保持超凡的心境，才能真正領會大自然的諸多美好，也才能看出其間細微的種種變化，人與大自然從來存有相互依存的關係。這首詩寫的是古寺禪房，卻也一樣著墨於日照、竹林、花木、山光、潭影，目的還是在化解塵勞念慮。

鐘磬的梵音清越，有暮鼓晨鐘之效，對我們的啟迪大矣。

那是一種提醒，提醒我們不要陷入物欲之中，因為欲深谿壑，無有止盡，自拔不易，怕也苦海無邊了。

那是一種鼓勵，鼓勵我們向上提升，上進或許緩慢，卻也值得努力，於己於人，都大有益處，不應輕言放棄。

在靜默裡，我常思清音遠揚。

你呢？你聽過鐘磬的梵音嗎？在那清越的音韻裡，你想到了什麼？

常建——七〇八——七六五

一生沉淪失意，耿介自守，來往山水名勝，與王昌齡有文字相酬。

其詩多為描寫田園風光、山林逸趣，意境清雅，文字精練自然，如〈題破山寺後禪院〉、〈弔王將軍墓〉等，廣為傳誦。邊塞詩也有佳作。

當我歸來

如果季節可以選擇，當我歸來，應屬春天。

夏天的暑氣太重，熱不可擋。秋天雖天高氣爽，然而花葉飄零，只餘感傷。冬天則寒意已深，蕭條冷冽，孤寂淒清。

看來，春天最好，春天如詩。

只是暮春時節，春將逝去，每每讀到「若到江南趕上春，千萬和春住」，心中不免悵觸萬端。

春天，的確是一個美麗的季節。萬紫千紅，不足以形容它的繽紛。可是，繁華有時而盡，春終將歸去，春歸處，又是何種景致？如果在暮春時候我也回家，又是何樣的情懷？

讀錢起的〈暮春歸故山草堂〉：

谷口春殘黃鳥稀，辛夷花盡杏花飛；
始憐幽竹山窗下，不改清陰待我歸。

我在暮春的時候歸來，沒有想到春天就要結束了。就在山谷的路口，我看到了春光的將盡，辛夷花已經零落殆盡，而杏花隨著風滿天飛舞，也到了凋零的時刻。曾經婉轉啼叫的黃鸝鳥，聲音已稀，再也不易聽聞那動聽的音韻了。我在此刻歸來，走到了草堂，在面山的窗下，發現了有幾竿修竹依舊蒼翠挺立，灑下了許多清涼的陰影，彷彿在等待著我的回來，我的心中不免泛起溫柔的情意與深深的憐愛之情。

四季的更迭，順著時序而改變，總是在一定的軌道上。大自然給予我們的撫慰和教導，其實是難以估量的。詩人到了暮春季節，春已殘，走到原本熟悉的故山，然而繽紛的顏彩已逝，花朵飄飛凋落，總是這般的惆悵。花兒既然殘敗，鳥兒因此離去，再也聽不到那悅耳的歌唱了，此時心緒一片無奈；卻在窗前看到了綠竹，一樣的生氣蓬勃，一樣的綠意盎然，這麼熟悉的身影，清陰處處，更一掃詩人原本黯淡的情懷，如見故人。此刻，詩人經由確認，也才真正有了回到家的感覺。

詩人擅於以小窺大，寫花寫鳥寫竹，都是尋常，卻在這尋常裡，覓著了親切，讓詩人原本徬徨的心有了依靠，而興起了歸家的溫暖。

我們也一樣有過離家和回家的經驗，只是，有誰寫得出這麼美好而又動人的詩篇？

錢起

七一〇——七八二

天寶十年，錢起赴長安應試，途經京口（鎮江），宿於江畔旅舍，夜裡有夢，遊於江畔，聞人吟詩兩句：「曲終人不見，江上數峰青。」後寫入詩中，令人擊節嘆賞，譽為絕唱。詩風清奇。與郎士元、司空曙、李益、李端、盧綸、李嘉祐等，並稱大曆十才子。

錢起交遊廣闊，送別詩極多。早年考場失意，又逢安史之亂，詩中不免悲嘆感懷。詩風和王維有相近之處，其自然山水詩，也受到謝靈運、謝朓的部分啟發。詩中多用典，有的固然艱澀難懂，但也不乏有通俗淺白的詩句，加上虛字的使用，形成了他的個人風格。

心中的陽光

但願人人心中都有陽光照臨，明亮、開朗，而且溫暖。

長期精神上的壓力和負面的思維都是生命的陰影，逐漸啃蝕了我們原本歡愉的心情。笑容少了，疲累多了，心，也沉重了。

找不到出口的委屈，無法解套的難題，長年積壓的鬱悶……我們還能支撐多久而不崩潰？

有一天，我讀到朱放的〈題竹林寺〉：

歲月人間促，煙霞此地多。
殷勤竹林寺，更得幾回過？

人生非常的短暫，光陰消逝迅疾，在風景幽靜處賞玩，也不是時時都有，這裡正是煙霧雲霞名勝最多的地方。尤其竹林寺的人跡罕至，多麼讓我流連忘返，不忍離去，不知以後還有多少機會，能舊地重遊？

人生也不過是一趟旅行，那麼就且行且歌吧。唯有清心自在，我們才能放下所有身心的束縛，擁有一個更為美麗的未來。

我的好朋友卻在電話裡跟我說，她受不了了，她想要輕生。

我知道多年以來她養兒育女之餘，還要幫忙先生做生意，備極辛勞。如今，好不容易兒女上了大學，但由於經濟不景氣，生意可是越來越難做了。這兩年來，每個月都賠錢，以前賺的也陸陸續續貼了進去，就像一個無底洞，哪經得起一再的賠累？這是她心中極大的隱憂。

她好想把生意收起來，靠目前的積蓄，仍可以過著還算不錯的生活。夫妻倆也曾仔細談過，但先生一口回絕。「再給我一個機會！我一定可以賺到錢的。」

先生信誓旦旦，執意要做；可是面對一再流失的積蓄，她非常恐慌，真怕會一無所有，更怕會流離失所。

更糟的是，長年蠟燭兩頭燃的結果，她大病一場，住進了醫院。

她以健康的理由，希望先生能再考慮把生意收起來。

先生卻說：「生意的事，妳不要管，我可以自己來。」

這話更讓人不放心。往日若不是她的相挺到底，生意哪做得起來？他自己來？還真不曉得會捅出多大的簍子。

她跟我說：「我死了，就解脫了！」

我力勸她：「想當初，你們也是感情很好才結婚的。有困難，要好好商量，事情並沒有到絕望的地步啊！」

我但願她能聽得進我的相勸。

凡事要往好的方面想，正向的思考，對每個人都一樣的重要。

希望屬於生命的陰霾都能逐漸遠去，讓陽光來到我們的心中，有盼望、有信心，更有歡喜。

朱放

字長通，襄州南陽人。生卒年均不詳，約唐代宗大曆中前後在世。

與劉長卿、皇甫冉、皇甫曾、碩況及詩僧靈一、皎然等為詩友。善為詩，風格清越。

文學的夜空

當我仰望文學的夜空，有無數的星星熠耀生輝，我以為：詩詞的美，是最迷人的星光。

幸而有唐一代，為我們留下了燦爛豐美的詩篇。唐詩的斑斕繽紛，寬闊深遠，多麼撩人眼目！它是智慧的結晶，更是心靈永恆的花朵。跨越了遙遠時空的距離，在我們的心弦，叩響了共鳴。當我們對生命灰心絕望時，它為我們重新燃起熱情；當我們對愛情迷惘憂傷時，它給予我們溫柔的擁抱；當我們被現實啃囓得身心俱疲時，它輕輕的撫慰了我們。原來，世上所有的痛苦、掙扎、挫折、哀愁……並非只有我個人獨有的遭遇和承受，傑出的詩人早就寫出了其間種種迂迴曲折的心事。

我喜歡的詩人，當然很多。我喜愛的詩，更是無法細數。

春日，當我在清晨的窗前讀詩。讀到了韋應物的〈滁州西澗〉，真是一首自然淡泊而又情深意遠的詩啊！

詩是這麼寫的：

獨憐幽草澗邊生，上有黃鸝深樹鳴；
春潮帶雨晚來急，野渡無人舟自橫。

詩中充滿了畫趣，且又境界高逸。它的意思是：河岸邊長滿了細細的青草，多麼讓人憐愛啊；茂密的樹林深處，不時傳來了黃鸝清脆的鳴聲。黃昏的時候，陣雨過後，使得春天的潮水更顯得湍急了起來；在這個荒野的渡口，不見人影，只有一條孤單的小舟悄悄的橫靠在水邊。

這不過是大自然的一個場景，在寧靜的氛圍裡，卻仍有掩藏不住盎然的生趣。青青的小草，黃鸝的鳴唱，讓人既憐又惜，也可見詩人心思的細密和內在的多情了。在一片蒼茫的暮色裡，荒野的渡口，雨後更加沉寂，船夫恐怕早都避雨去了吧，只見到小舟兀自橫躺。唉，在這寂天寞地裡，唯有詩人靜觀了一切，也默默領受了大自然的閒適之美。

美，不在繁弦急管，不在衣香鬢影，它常在大自然的山水之間，林木幽深處……更在靈慧的眼、細緻的心裡。……

我喜歡這首詩，讀來清新可人，卻也雋永有味，洋溢著淡淡素樸的韻致。

文學的夜空從來熠耀生輝，迷人眼目，你仰望過嗎？

韋應物

七三七——七九二

早年豪縱不羈，橫行鄉里。曾任滁州、江州刺史。安史之亂後閉門讀書，少食寡欲，是個閒靜清雅的詩人。因做過蘇州刺史，世稱「韋蘇州」。

「身多疾病思田裏，邑有流亡愧俸錢。」詩中，顯現了仁者憂時愛民的心，感動了後代無數的讀者。

韋應物是山水田園詩派詩人，後人以王孟韋柳並稱。詩風清幽靜寂，恬淡高遠，以善於寫景和描寫隱逸生活著稱。其簡淡古樸、澄澹空靈處，更近陶淵明。其山水詩，清新自然且饒有生意。韋詩各體俱長，七言歌行音調通暢而美。五律一氣流轉，情文相生，耐人尋味。五、七絕清韻秀朗，寫景如畫，為後世稱許。以五古成就最高，風格沖淡閒遠，語言簡潔樸素；但亦有濃麗秀逸的一面。其五古以學陶淵明為主，在山水寫景方面，則受謝靈運、謝朓的影響。

心靈的風景

原來，有時候，我們的心靈也另有一種風景。

我很喜歡薛瑩的一首詩〈秋日湖上〉，總覺得別有深意。詩是這樣寫的：

落日五湖遊，煙波處處愁。
沉浮千古事，誰與問東流？

太陽下山了，我泛舟去遊五湖，這時候，落日餘暉，映照著一片煙波，處處都為遊人增添了愁緒。日落，意味著一天將盡；時序到了秋天，一年也眼看快要終結了。吳越都曾稱霸於五湖，然而，這也已經是久遠以前的歷史了，有如千古陳跡，再不可問，那麼，就盡付與東去的流水，還有什麼好說的？

人生也是這樣吧。覽盡繁華美景，俱遠矣；只但願心頭仍留有一盞清明的燈，縱使隨風閃爍，卻不熄滅。

就在這微涼的秋光裡，我很高興能和你們相會。這麼一個美麗的季節，還有可愛的你們，我們絮絮的說著話，有著對往日的懷想，現實的喟嘆，和繽紛未來的企盼。

朋友秀珠卻意料之外的出現，也讓你們有機會認識。秀珠溫婉親切，一定也給了你們相當深刻的印象，相信你們也會喜歡她，如我一般。

秀珠有事先走，留下我們細細的談。當外界一片喧嘩紛擾，幸好我們仍有一方寧靜之地，可以悠閒的說話，可以和雲水一樣自在。

這也是一種幸福吧！在這個世界上，有人分離後，再無重逢之時；有人歷經坎坷，再相逢已無語，徒留憾恨罷了。

感謝上天的成全，我們得有這樣的機緣，還能一再的見面。即使說的，不過只是尋常話語，其間也有一種溫暖，點點滴滴都是愛。

長大以後的你們，各有不同的生活歷練。種種離合悲歡，都是功課。幾個月前，驚聞菊遭車禍骨折，如今已能行走自如。我問她：「這麼嚴重的車禍，生死只在一線之間，對此後的人生，會不會有不同的看法呢？」

她點點頭，說：「再不會去計較一些枝微末節的事了！」是的，不經一番寒徹骨，哪得梅花撲鼻香？

當陽光溫柔的斜照，你們的臉龐也映現了亮麗的光彩。長大，的確是有些不同了，變得更為知性、懂事和體貼。更好的是，我們可以相互交換一些看法，更可以做腦力激盪，讓我在驚奇之餘，另有歡喜。

善良的個性，使我們都能平和的待人接物，也因著磁場的相近，更能多結好緣。

我終於明白：心思的清純，也讓我們心靈的風景加倍美麗。

薛瑩

唐文宗時期人物，著有《洞庭詩集》一卷。

心靈深處的小花

有一朵小花，開在心靈的深處，從此不能相忘。

平常時候，我愛讀詩。有那朗朗上口、流傳千古的好詩，首首都是情真意切，卻又極具素樸清雅的面貌。沒有華辭麗藻，卻能深入人心，讓人無法忘懷。他們都像是一朵朵的小花，在大自然中搖曳，也綻放在我們的心靈深處，沉默的、永恆的吐露著芬芳。

孟浩然的〈春曉〉、〈過故人莊〉如此，李白的〈靜夜思〉、〈下江陵〉，王維的〈鳥鳴澗〉、〈竹里館〉，王之渙的〈涼州詞〉、〈登鸛鵲樓〉……又何嘗不是這樣？

近來，我讀李商隱的〈夜雨寄北〉：

君問歸期未有期，巴山夜雨漲秋池；
何當共剪西窗燭，卻話巴山夜雨時？

文字淺白清雅，意思也不難懂。說的是：如果你問我什麼時候可以回來？我實在無法確定。今晚巴山一帶下起了雨來，大概會漲滿了屋前的池塘吧？不知何時才能和你同坐在西窗之下，一起剪燭談心，和你談起我在巴山時聽雨的情懷呢？

是秋天的夜雨撩起了詩人寥落的心緒吧？當巴山夜雨滂沱不止時，這雨不僅下在池塘，也下在詩人的心中。池塘水漲，思念也無由宣洩。哪一天能相逢？要在深夜的西窗下共話，以慰我客中寂寥。當別情已訴，聽雨的淒涼就彷彿得到撫慰了。唉，詩人這樣的期待，不也彰顯了雨夜的淒寒嗎？

很少人讀這首詩會不喜歡的。這麼清淺的文字，含意卻深遠而有味，多麼令人為之心動！如今，有人以「剪燭西窗」來表示對朋友的思念，也可以看出這首詩受歡迎的程度了。

詩人以想像的翅膀，帶領著我們飛翔，也給了我們一個更為寬廣美好的世界。他們的詩都像是一朵一朵的小花，綻放在我們的心靈深處，幽幽吐露著芬芳，也永遠美麗了我們的人生。

李商隱

八一三——八五八

與同時期的段成式、溫庭筠風格相近，且都在家族裡排行十六，故並稱為「三十六體」。和杜牧合稱「小李杜」，與溫庭筠合稱為「溫李」。

李商隱早年生活貧苦，懷才不遇，又遭遇朋黨爭鬥的災禍，一生寂寞悲涼。憂時傷國的情懷加上個人不幸的際遇，化為創作，也成就了他文學的地位。

李商隱的詩詞藻華麗，善於描寫及表達細膩的感情。七律、五言排律和七絕皆佳。格律詩繼承了杜甫在技巧上的傳統，部分作品風格與杜甫近似。他經常用典，喜用各種象徵、比興的手法。

李商隱的詩用字婉曲唯美，在典雅之中又帶有哀淒凝重，綿邈難言。

繁華一夢

黃昏時，和妹妹到士林官邸散步。是剛下過雨嗎？天邊還留有彩虹，彷彿在歡迎我們的到來。

士林官邸曾是蔣公伉儷居住的所在，富園林之美。曾幾何時，蔣公伉儷先後辭世，加以政黨輪替，如今士林官邸已開放成為觀光的景點，也是全民休閒的好所在。它神秘的面紗早被揭開，另有一種親和、美麗的面貌。

佔地廣、花木多，宛如一座大花園。路旁的老樹矗立，看盡了繁華事散，樹看行人幾番老，它若有知，該也是蒼涼惆悵的吧？

我想起了韋莊的〈金陵圖〉，詩中江南煙雨，繁華已逝，或許也有著類似的心情吧！他的詩是這樣的：

江雨霏霏江草齊，六朝如夢鳥空啼；
無情最是臺城柳，依舊煙籠十里堤。

細雨霏霏，不斷的灑落在江面上，岸邊的草也已一片青綠，六朝的繁華早已如夢幻般的逝去，只留下多情的鳥兒空自悲啼。最無情的，該是臺城的柳樹，年年青絲長垂，仍然如煙似霧瀰漫著十里長堤。

我相信，最是多情的當屬詩人。在春花三月，江南草長的季節，六朝已是陳跡，縱有繁華，也不過是一夢。

黃昏的餘暉照耀，我和妹妹閒閒的走著，由於沒有特定的展覽，也非假日，不見擁擠的人潮，反而多了幾分悠閒的意趣。觀光客還是有的，我們看到了大陸團和日本團，導遊帶著他們四處講解介紹去了。也許，他們對蔣公的官邸是好奇的吧？不知比起他們的中南海或天皇的行宮又如何？

歲月悠悠，縱有再多的繁華，也已四散。或許，平凡的家居生活，能共享天倫之樂，才是更大的福分。光環，常讓人仰望，卻也剝奪了安閒自在的趣味。

兩相權衡，你會喜歡哪一種生活？

妹妹住士林也很久了，打從學生時代在此讀書，畢業以後工作、成家，也一直住在這個區裡，想來感情也已深了。我這個妹妹體貼細緻，對手足的感情尤其好，我們這些作哥哥姊姊的，受到她的照顧不知凡幾？我在慚愧之餘，很誠懇的跟她說：「但願來生再當姊妹吧，換我來照顧妳……」

親密的手足，是上天恩賜的厚禮，讓我們在面對現實的風雨時，無須懼怕。因為有手足的相互扶持，彼此鼓勵。即使世路崎嶇，走來也悠然。

眼前有緣意深濃，身旁有親愛的妹妹，夕照柔美，小徑清幽。那天的快樂，在我的心中成為永恆的記憶。

韋莊（八三六——九一〇）

字端己，工詩詞，唐朝花間派詞人，詞風清麗。曾任前蜀宰相，謚文靖。

其詩詞皆佳，淡雅有致。詞尤明白如畫，蘊情深至。創作風格上，雖然不脫深情款語，但仍有淡雅疏散的韻味。

況周頤〈蕙風詞話〉稱他「尤能運密如疏、寓濃於淡，花間群賢，殆鮮其匹」。

王國維謂之「骨秀也」，評價更在溫庭筠之上。

輪椅上的阿嬤

每天清晨我在操場健走時，經常都會遇到坐在輪椅上的阿嬤。阿嬤由外傭幫她推輪椅。清早的空氣鮮潔，雲朵在天空漂浮，還有陽光溫柔的俯照，那是一天美麗的開始。阿嬤也應該是歡喜的吧！

天空如海，那麼，雲朵就是浪花了。

雲的變幻莫測，也美麗了天空。記得，來鵠有一首名叫〈雲〉的詩，卻有著很不同的寫法：

千形萬象竟還空，映水藏山片復重；
無限旱苗枯欲盡，悠悠閒處作奇峰。

許久沒有下雨了，人們望著天上千變萬化的雲朵，盼望它降下些甘霖來，誰知期望總是落空，雲只是不斷變換著模樣，不曾落下一滴雨。焦急的人們時時翹首望向藍天，尋覓它的蹤影，偶爾低下頭來，竟發現它的倒影就映在水中；猛然抬起頭，又看見它躲在山的後面；有時一片一片，有時又層層相疊。眼看無數禾苗就要乾枯而死了，它卻悠閒自在的在天上飄來飄去，不時化成各種奇山異峰。

這首詩寄寓著民間的疾苦，讀來讓人嘆息。

還記得，童年時候，我們住在鄉下，老覺得雲是神奇的魔術師，在天空為我變著各種戲法。有時候微雲輕悄，有時候卻也重重疊疊，它也有著不為我們所知的心事吧！當雲已散，夢也成空，忽然又見到水中映著雲的倒影，原來，它也善於捉迷藏呢！可是眼看著田間的農作物，在長期的乾旱之下，早已奄奄一息了，什麼時候雲層能帶來甘霖？只見白雲仍優游自在，甚至化為奇峰以孤芳自賞。

晨起運動的人，以中年居多，或許是因為健康的逐漸走向下坡，亮起的警訊，讓人不得不正視。當然，也有一些年輕人和白髮蒼蒼的長者。

運動也有多種，健身操、氣功、扇舞、打球……任君選擇。我則走路，一個人走，可快可慢，可來也可不來，自由自在，這一點尤其令我喜歡。或許有人會說，如此少了約束和壓力，恐怕日久乏了，會後繼無力。我倒不擔心這些。健康的維護，要靠自己，體認幾分，就會努力幾分。

阿嬤大概有八十好幾了吧，然而膚澤瑩潔，戴帽子、圍圍巾……穿著得體，看來得到很好的照顧。每次，我走過她的身旁，都跟她說：「阿嬤，加油！」有一天，我居然看到她站起來，推著輪椅，以小小的步伐走了幾步，顯然她是願意嘗試學習的，我就大聲的跟她說：「阿嬤厲害喔，叫妳第一名！」阿嬤笑開了臉。

原來，阿嬤曾經中風三次，健康每況愈下，只得坐在輪椅上。她說：「我就是懶。」我跟她說：「沒關係，慢慢來。只要每天能多走兩步，明年妳就很會走了喔。」

最近，我看她似乎勤快了些，經常都願意自己推著輪椅，練習走幾步。當然，我的稱讚也從來是真誠而熱烈。

對她來說，這應該是很好的復健和運動，一個人只要不放棄自己，別人便無法放棄他。

阿嬤，加油！希望有一天，妳能拋開輪椅，自在的走，哪裡都去得。

來鵠

八四七（？）——八八三

來鵠即來鵬（《全唐詩》作來鵠）。相傳來鵬家宅在南昌東湖徐孺子亭邊，家貧，工詩，曾自稱「鄉校小臣」，隱居山澤。鵬詩清麗，然輾轉飄泊，抑鬱寡歡，其詩多寫羈旅之情、落魄之感，間亦不免有懷才不遇、憤世嫉俗之語。

別有一番滋味

生活裡，原本就有各種不同的味道；但在酸甜苦辣之外，我們也可以加入自己喜歡的，讓它品嚐起來，別有一番滋味。

在炎炎的夏日裡，暑氣正發威。我沿著街道，走向中藥店去，為的是想買一點曬乾的菊花，好泡茶來喝，以消解那止不住上騰的熱氣。

中藥店有它獨特的氣息，我尤其喜歡看那小巧的秤，秤過不同品類的藥材，而我要的只是最普通的菊花。

原來，菊花不只美麗了秋光，可以供人觀賞，還可以成為菊花茶，消暑解渴。

我記得元稹寫過〈菊花〉詩：

秋叢繞舍似陶家，遍繞籬邊日漸斜。
不是花中偏愛菊，此花開盡更無花。

一叢又一叢的秋菊圍繞著屋舍綻放了，多麼像是詩人陶淵明的家。我圍繞著籬笆細心觀賞菊花，不知不覺太陽已經漸漸地落山了。並不是百花中我特別偏愛菊花，只因為菊花凋謝後，再也沒有別的花了。

詩人多情，我讀了又讀，竟覺得彷彿是向陶淵明致敬。

陶淵明被後人認為是菊花的知己。他最有名的菊花詩句是：「採菊東籬下，悠然見南山。」

的確，元稹的這首詠花詩也寫得不錯，語多清新而且平易近人。……

「你要不要來一點甘草？」老闆在秤好菊花時，忽然這樣地問了我。

「也好。」我沒有什麼意見。

回到家，在滾熱的水中泡了一壺菊花茶，小黃菊因吸飽了水，全張開了它的花瓣，但見生意盎然。也由於加了甘草，喝來就多了甘美的滋味。它沒有糖的甜膩，卻另有一份細緻的芬芳。

對於生活，是不是也應該這樣？不論它是如何地刻板單調，我們都要將它調理得別有滋味。如果能想方設法，處處為生活增添情趣，就不會老覺得那般讓人厭棄了。

有人告訴我：「不是過你喜歡的生活，而是要喜歡你過的生活。」這話說得多輕鬆，實則一遇挫折令人沮喪。當日子像一泓不變的水，素波止於池沼，疲憊和煩厭常讓我們無心再去尋覓生活的芳香。

只是，如果甘草可使菊花茶有更好的滋味，那麼，我們也願意相信：情趣將為生活平添美麗。倘若，因我們的懶於嘗試，就此罷手，我們又如何能品味出生活中也會有甘美的一面呢？

原來，生活所呈現的風貌，不論其滋味是苦澀或是甜美，還繫於我們小小的心。

元稹 七七九——八三一

字微之，河南洛陽（今河南洛陽）人。元稹與白居易同科及第，並結為終生詩友。早年兩人共同提倡「新樂府」，世稱「元白」，詩作號為「元和體」，留下「曾經滄海難為水，除卻巫山不是雲」的千古佳句。

元稹其詩辭淺意哀，彷彿孤鳳悲吟，極為扣人心扉，動人肺腑。元稹的創作，以詩成就最大。代表作為〈菊花〉、〈離思五首〉、〈遣悲懷三首〉。

悠然自得在田園

有誰不愛山水田園呢？又有誰不愛山水田園詩？山水田園詩從陶謝以來，到了王孟手中更是大放異彩。古往今來，傾心愛戀的人無可計數。

王維的山水田園詩量多而精美。他中年喪偶，又歷經安史亂事的巨變，使生活態度和觀念價值有了很大的轉折。晚年長齋隱居，不再過問世事，親近大自然，也的確逐漸撫平了他過往歲月的滄桑。

他的自然詩寫盡了田園生活的恬淡意趣。天地如此有情，還有生生不息的盎然生機，那種和諧的生命情調，尤其動人心弦，實在極為難得。尋幽訪勝，卻能悠然自得，彷彿是一曲天然的音韻，足以為我們滌盡俗慮，享有一種更為安詳幽靜的美。

我們一起來讀他的〈終南別業〉：

中歲頗好道，晚家南山陲。
興來每獨往，勝事空自知。
行到水窮處，坐看雲起時。
偶然值林叟，談笑無還期。

我中年以後，就很喜歡佛家的道理，晚年時，隱居在終南山邊的輞川別墅。每當興致一來，經常獨來獨往，面對那麼美好的景物，心中的快意也只有自己才能明白。有時候信步走去，走到水源的盡頭，就隨興的坐下來，看見雲霧的升沉、自由自在的景象。在回來的路上，偶然會遇到住在山林裡的老人，就停下來隨意談談，大家都很開心，甚至還忘了要回家呢。

這樣的隱居生活充滿了情趣，又有幾個人能享有呢？悠然自得，沒有罣礙，隨著興之所至，卻能和大自然融合在一起。他應該是不執著的，不為名利所牽，所以才能有超然於物外之趣。他能平心靜氣的坐下來，默默觀賞著雲霧的沉浮，讓心靈也呈顯一片澄明。山野間，也多的是素樸的村人，偶然路上相遇，彼此說說笑笑，也是一樁歡喜事。談得興起，還可能忘了回家。

生活能夠這樣，是讓人欣羨的；然而，如果不是這般的天真寬闊的懷抱，老是爭名逐利，時時要為物欲所苦，又哪裡能夠領會大自然的佳妙？

王維的「行到水窮處，坐看雲起時」，是一種曠達的人生境界。如此的任真自得，帶給我們的啟發也就多了。

人生是一條漫漫長途，誰沒有困頓的時刻呢？可是，世間沒有走不過的難關，我們都要學習勇敢的超越，努力成為自己生命的勇者。

山水田園從來就是我們心中的夢，幾時能優游在田園？或許，答案仍在風中。然而，能懷抱著那樣的夢，也是美的。

雲水悠然

閒暇的時候，我喜歡在好天氣時外出散步，有好風如水。感覺到風溫柔的流動，草香瀰漫，眼前的花兒暢笑，整個世界顯得安詳而且寧靜。

也有人說，那是因為我的心思單純安寧，所以眼中所見所感也就近似了。

這話，也有幾分道理。

於是，我閒閒的走著，輕輕的卸下內在的壓力和負累。有時東張西望，也心中洋溢歡喜。

有好風如水，人是愜意的。

平日，我也喜歡觀雲賞水，內心常有一種平和的意趣。

在我們的古典詩裡，也不乏有這樣入雲入水的好作品。在聲聲的傳唱裡，扣響了無數的心弦。也許，雲和水都是大自然的景物，透過多感詩人的心和靈慧的眼，化為筆下篇篇精采的佳作，足以流傳千古。

白居易的詩以淺明易懂為世人所稱揚，我也喜歡他的〈白雲泉〉一詩：

天平山上白雲泉，雲自無心水自閒；
何必奔衝山下去，更添波浪向人間。

蘇州天平山上有清泉不斷的白雲泉。在那兒，只見白雲任意舒卷，清泉自在潺湲。泉水啊，你又何必非得奔瀉下山去？山下的人間已然波濤洶湧，何需再添波瀾？

詩人強調的，也無非是雲水的無心，悠閒自在，更足以映現其心境的平和、不起波瀾了。紅塵擾攘，人間的是非也多，唯有平心靜氣，方能靜觀萬物皆有所得，連四時佳興也與人同了。

白雲悠悠，流水潺潺，天何言哉？我們卻從這種種的無言之教裡，領會了天地的運行和大自然的奧妙。那是一種對生命莫大的鼓舞和深刻的啟發。

有太多的人從親近自然裡，汲取了勇氣，別有會意，因而走過了人生的困頓，否極泰來。也有太多的人從自然的音韻中，洗滌了心靈，發而為創作的動力，成就了不朽的篇章……

那麼，你呢？你從雲水的悠然裡，感悟了什麼？

白居易

七七二——八四六

字樂天，號香山居士。初與元稹相酬詠，號為「元白」，又與劉禹錫齊名，稱為「劉白」。

文章精切，工詩，作品平易近人，老嫗能解。晚年恣意詩酒，號醉吟先生。

他的詩分為諷喻、閒適、感傷和雜律四類，以諷喻詩價值最高。主題、題材集中是其諷諭詩的藝術特色，在刻畫人物上尤其鮮明生動。他的諷諭詩多為敘事詩，夾敘夾議是另一特色。語言通俗平易、文字淺顯，少用典故和古奧的詞句，還特別喜歡提鍊民間口語、俗語入詩。晚年的詩尤其高妙，很得後輩詩家如蘇軾等的推崇。

詩句淺近，然而語言聲調不失優美，抒情和敘事交融一體，有很高的藝術成就，當時就已廣為流傳了。

卷二

散步詠涼天

只要今天平安歡喜

只要今天平安歡喜，至於明天，明天的事明天再說吧！

活在當下，是此刻我對自己最大的期許。

我讀過杜秋娘的〈金縷衣〉：

勸君莫惜金縷衣，勸君惜取少年時；
花開堪折直須折，莫待無花空折枝。

勸你不要過分珍惜那用金絲線縫製而成的貴重衣裳，勸你要加倍愛惜年少美好的時光。當春天花開燦爛的時候，就要把它採摘下來，好好欣賞，而不要等到它凋謝萎落，到那時，就只能攀折它的枯枝，後悔都已來不及了。

頗有勸導世人愛惜光陰的意味，的確，青春有限，哪裡經得起揮霍、浪擲？

細想來，青春也如花，當然應該特別寶愛，不要辜負了。

然而，我們是不是都這樣做到了？

曾經有好一陣子，我活得很沮喪，每天一早醒來，就覺得世界之大，自己卻很多餘，彷彿找不到容身之處。我一向忙碌，也很少情緒低落，於是打電話四處問朋友們，「是不是也會有心情不好的時候？」

他們說：「當然也會有！」

「那該怎麼辦？」

有人說：「離開書桌，去散步、看電影、吃零食……」有人說：「安排一個短期休假。」有人說：「別工作了，找幾個朋友一起吃飯、聊天。」……建議都很不錯，也有相當的效果。

最後我發現，我更需要的是心理建設。

只活在當下，不必擔憂明日。

只要把每個眼前的日子過得好，那就夠了。

努力讓每個今天都能平安的度過，也努力使自己在這一整天裡都能有歡喜的心情。

這不是駝鳥心態，更不是粉飾太平。

每個明天到達我們面前時，它叫做「今天」，那麼，如果每個今天都能平安而歡喜，累積起來，就有一長段歲月，甚至一生，都是平安而歡喜的。這又有什麼不好呢？

能如此，是上天的厚愛。有時，不盡然這樣，也會生病，也有挫敗，也會有一些陰影。我的做法是，能盡力做到多少就是多少，這樣的認真還力有不逮，至少也已問心無愧了。

要不，能怎樣呢？

我是願意努力的，不論上天給了我怎樣差的牌，都要盡最大的心力，打出最好的成績。

也或許是抱持著這樣的認知，我也多半過得充實而快樂，當然也覺得平安而歡喜了。

杜秋娘

杜秋（生卒年不詳），活躍於八世紀至九世紀間，後世多稱為「杜秋娘」。

頗有姿色，十五歲時為李錡的妾侍。後李錡造反敗，被納入宮中。唐穆宗即位，任命她為兒子李湊的傅姆。後來李湊被廢去漳王之位，杜秋賜歸故鄉。杜牧過金陵時，見她又窮又老，景況堪憐，作了〈杜秋娘詩〉，其序簡述杜秋娘的身世。

詩中附了一段註，並未說是誰所作，但後世多歸入杜秋娘的作品。

絕美，只在剎那

難道你以為，世間所有的美好都會是永恆？

且來讀李頎的〈送魏萬之京〉：

朝聞遊子唱離歌，昨夜微霜初度河；
鴻雁不堪愁裡聽，雲山況是客中過。
關城樹色催寒近，御苑砧聲向晚多；
莫見長安行樂處，空令歲月易蹉跎。

說的是：昨夜微霜初降，今晨卻聽到你唱起離歌來，就要渡河遠離了。在別離的愁緒中，聽聞了鴻雁的哀鳴，真讓人情何以堪，更尤其雲山黯淡，那還是你客中必經的地方。關城附近群樹的容顏已顯現冬寒近了，黃昏的時候，臨近京城，傳來的擣衣聲更為緊密。請不要認為長安只是個行樂的地方，徒然使人輕易蹉跎了如此美好的歲月。

我愛讀這首詩，是因為其間的感情豐富，不落於俗套，可以想見詩人的氣宇軒昂。人間有著太多的別離，讓人黯然銷魂，所有的離歌都帶著濃郁的哀愁，令人一步一回首，更覺徬徨無措。淒寒的，豈只是眼前的雲樹？還有心中依依不捨的深情。別離之際，猶殷勤叮嚀：繁華靡麗，過眼成空，切莫虛擲了青春好歲月。

然而，當我們年少，又哪能真正體會這些？

年輕的時候，我們的心裡常有著太多的不明白。為什麼韶華易逝，歡樂不能久留？為什麼美麗無法永恆，幸福只是短暫？

其實，是我們太天真了。我們總以為：一切都可以天長地久。世間的情愛、一己的生命、世俗的榮華富貴……只要我們曾經擁有過，就無法輕易罷手，卻不知那樣的心態正是所有痛苦的根源。

想一想：如果，連自己都只是人間的過客，短短數十寒暑之後，就將回歸塵土；那麼，說什麼情愛名利呢，哪裡是帶得走的？

只是勘不破鏡花水月的我們，老要苦苦的追求，死命的握著不放。於是，煩惱牽掛由此而生，離快樂越來越遠，恓恓惶惶，無有寧日。

唯有豁達看待人生，明白無常的迅疾，半點由不得自己，才有可能逐漸放下身心的枷鎖，重新回到清風明月、無所罣礙。

當然，說總是容易，真能身體力行，還需要不斷的修為。

絕美，原來只在剎那。對我們，這便是一種教導。然而，能和絕美相遇，又何嘗不是上天賜予的恩寵？有人失之交臂，有人視若無睹，有人以為尋常……不曾領會過美的悸動，不曾感受到美的歡愉，我以為那也是一種貧瘠，也有一種說不出的失落。

真的，我們所付出的努力和辛勞，可能千萬倍於聽到掌聲的那一刻。長路迢迢，攀爬艱辛，但是站上峰頂的時間卻也極短。然而，可貴的是歷程，未必是結果。他日，讓我們津津樂道的，相信也是在過程中的悲欣交集和點滴溫暖吧！

因此，就讓我們以珍惜的心來看待今生的一切。好也罷，不好也罷，其實都豐富了我們的生命，也讓我們的人生顯得格外有滋有味。

絕美，只在剎那，無法久留，世事也都如此。那麼，就不應為執著所苦，讓我們更為清心自在，歡歡喜喜過一生。

李頎 ——六九〇——七五一

東川（今四川三台）人，少年時曾寓居河南登封。開元十三年進士，曾任新鄉縣尉，晚年隱居。與王維、高適、王昌齡等詩人互有往還，詩名頗高。以寫邊塞題材為主，其詩格調高昂豪放，慷慨悲涼，擅寫各種體裁，尤以七言歌行最具特色。

珍惜人間情緣

喜歡李白的詩，是為了那難得的才情。天縱英才，幾人能夠？我每每讀李白的詩，驚嘆他文字的行雲流水，無所拘限。格律不能框住他，世俗的繁文縟節也不能捆綁他，不世出的才華，多麼令人欣羨嘆服。

李白的好詩多，傳世之作也不在少數。

你喜歡四處遊歷嗎？遊歷，讓我們跳脫出原本狹隘的生活圈子，看山、看水、看美麗的人情。遊歷裡，也多的是心靈的感悟。

詩人可以寫詩，留住心中的感觸；畫家可以畫畫，讓剎那成為永恆……而平凡的我們呢？他山之石，可以攻錯。我們在觀摩裡學習，也在反省中更加珍惜自己所擁有的。

李白曾到金陵一遊，那時候他剛從繁華的長安，受到排擠，落寞而來，登高覽勝，別有情懷。他因此寫下〈登金陵鳳凰台〉一詩：

鳳凰台上鳳凰遊，鳳去台空江自流；
吳宮荒草埋幽徑，晉代衣冠成古丘。
三山半落青天外，一水中分白鷺洲；
總為浮雲能蔽日，長安不見使人愁。

鳳凰台，傳說山上曾有鳳凰的身影出現，故而得名。既然名為鳳凰台，想必有鳳凰在此棲息，鳳凰原是祥瑞之鳥，可是如今不曾見到鳳凰，只剩下空空的高台，和台下臨著仍兀自潺潺流去，卻從來不曾止息的長江水。在金陵建都的王朝，幾個世代都過去了，繁華如夢，又何曾留下什麼？遙想三國時代的吳國，曾經盛極一時美輪美奐的宮殿，如今人去樓空，只留下一片荒煙蔓草，當年的美女再是國色天香，也早已香消玉殞，埋骨在路旁的小徑。魏晉時期的東晉，又怎樣？朝中的大小官員也已逐一謝世，留下的只是一個又一個的墳墓。遠處有三座山，在雲霧中隱約可見，卻好像有一半落到天外去了。近處的江水一分為二，環抱著沙洲，那是白鷺棲息覓食的所在。原本應該是白晝，太陽卻常被浮雲所遮蔽，站在鳳凰台上，卻已經望不見想念中的長安了，不禁撩起愁緒滿懷。

詩人的好筆，見景抒情，以一抒胸懷，多的是思古幽情，繁華若夢，轉眼都是一場空。不論寫近景遠觀，甚至是自己當下的心境，都有著憂國憂民的慨嘆，詩人心中之愁幾時可了？

反觀我們自己，和歷史的長流相較，人世的歲月何其短暫，能不珍惜其間的諸多情緣嗎？

遊歷詩，可以這樣寫，更見詩人的胸懷有如仁者。佩服了。

李白 七〇一——七六二

字太白，號青蓮居士。其詩浪漫奔放，才華橫溢，行雲流水，宛若天成，許多詩句已成經典，傳誦千年而不絕。他的作品內涵豐富，明朗自然，融合百家之說，兼具儒家的仁民愛物，一掃六朝以來的浮靡詩風。有「詩仙」、「詩俠」等稱號。

他有撲朔迷離的身世，浪漫神奇的傳說，還有那千餘首驚天動地的詩篇。杜甫形容他：「筆落驚風雨，詩成泣鬼神。」真是千古知己。

他常將想像、誇張、比喻、擬人等手法綜合靈活運用，造成神奇瑰麗的動人意境，給人以豪邁奔放、飄逸若仙的韻致。他的文字明朗、活潑、雋永。李白的詩對後代產生的影響深遠，無可估量。

逝水年華

一通電話讓我走回了往日。

那天下午，我接到一通電話。對方的語氣客氣而溫和，很遲疑的說出了自己的名字。我記得的，我們有十幾年不通音訊了。

沒有繼續往來，一方面是因為彼此住得遠，另一方面也因為忙。當然，也由於我們本來就不很熟悉。

許多年前，我們曾結伴去泰國自助旅行，她是好朋友的朋友。

那一次的旅行，開啟了我往後四處遊玩的鑰匙，讓人生更加的繽紛多彩。

旅行，彷彿乘坐魔毯，從此地到彼地，從近處到遠方，須臾可至，而心情總是歡愉的。

一如我讀李白的〈下江陵〉：

朝辭白帝彩雲間，千里江陵一日還；
兩岸猿聲啼不住，輕舟已過萬重山。

清早，我在晨曦彩雲的環繞之下，辭別了白帝城，距離有千里之遙的江陵，只需一天就可以到達了。在這放舟而下，順風順水的航程裡，只聽到兩岸的猿聲一陣又一陣的傳來，而我所坐的小船，竟有如輕舟一般，早已飛奔過千山萬嶺了。

這是一首輕快的詩。輕快的，不只是輕舟，不只是兩岸變換的風景、一陣又一陣的猿聲，更有詩人歡愉的心情。

每次，我讀這首詩，旅行的快樂便一起湧上了心頭。

還記得，第一次的泰國自助旅行，大家都玩得很盡興，留下了很多美麗的回憶。同行的還有一個藝術家，每每幫我們拍照時，就噱頭十足的趴在地上，非常的搞笑。泰國的陽光亮麗，台灣的一月天，頗為寒冷，曼谷則烈焰當空，熱得不得了。我們穿著夏天的薄衫，還忍不住流汗。泰國的中國菜好吃，物美價廉，絕非廣告詞，人人大快朵頤，開心極了。晚上大夥兒便相偕去逛夜市，亂買一氣，還拿著計算機不斷的跟小販討價還價，到底是買便宜了？還是貴了？好像也沒有人在意。總之，高興就好。曼谷的廟宇極多，我只記得脫鞋穿鞋，很忙呢。……

回來以後，洗照片、送照片，剛開始我們還常有連絡，見面吃飯，後來就慢慢的失聯了。

十多年以後，再彼此問起，各有各的離合悲歡。她的兒女都大了，家庭依然幸福。她說：「我很感恩。」藝術家則離婚又結婚，新組的家有了一個女兒，就要上小學了。其他的人歷經了長輩的病弱和凋零，也各自在平淡的歲月中告別青春，逐漸走向哀樂中年了。

年華如水流，誰說不是？

今生緣會

每次，我讀韋應物的〈秋夜寄邱員外〉的詩，都覺得那是為友誼而寫，除了感動，也常讓我想起我今生緣會的朋友們。

懷君屬秋夜，散步詠涼天；
空山松子落，幽人應未眠。

秋天，的確是懷念的季節。在這個清秋微涼的夜裡，我一邊散步，也一邊吟詠著詩句。初秋剛臨，秋意卻已經籠罩了，在這個顯得空曠的山中，那些掛在樹上的松子，遲早會被秋風所掃落，你，這生活悠閒的好朋友，不知在此秋夜裡，是否已經睡了？

詩裡，有對朋友的記掛和思念。

還記得，認識妳的那年，我們分別從不同的學校一起轉進海山國中教書。

同一個辦公室，都教國文。可是妳的身體不好，下課的時間都趴在桌子上休息。更荒謬的是身體差，卻還查不出原因來。幸好幾年下來，妳慢慢的有了起色。後來，也能爬山、出國旅行，人雖瘦，精神倒很不錯。其實，這一點多麼讓我們羨慕。我們只要稍一放縱口欲，馬上就像吹氣球一樣的膨脹，簡直是可怕的災禍。尤其，一提起拍照，立刻人人面有難色，就怕佔了太多的版面位置。有趣的是妳瘦，卻還要躲在別人的後面，唉呀，簡直都看不到了。

我曾經骨折過，在請假的期間，很多時候承妳跑來跑去的幫忙，我的感激總是藏在心裡。

妳的教養好，是熱心的人，來去明白，也是個讓人信賴的朋友。有什麼事情託妳，都讓人放心。年少的時候，我不認為那算是什麼優點，不都是理應如此的嗎？長大以後，看多了敷衍了事、得過且過的例子，甚至說歸說、做歸做，完全是兩碼子事，方才明白「重然諾」的可貴。君子之人都是言出必行的。

妳的「死黨」都跟妳一樣的溫婉體貼，美玉就是這樣，眼中天底下沒有壞人，也讓我很好奇。問過妳：「還有沒有其他的好朋友？」妳告訴我：「淑美。」說也巧，我搭車上班時，跟她是同一個公車站牌的，所以也認識，的確是非常好的一個人，我也很喜歡。我相信磁場之說，物以類聚是有道理的。

妳只有一個女兒，聰慧而美麗，前些時候喜配良緣，從此，妳應該更沒有罣礙，更可以遊山玩水消遙遊了，也歡迎妳常「遊」來我家，記得喔。

認識妳，有如風的輕歌，日子也輕盈而又美好，多麼讓人感激。希望妳時時都能享有上天的恩典，這也是善良的妳所應得的。

深深祝福。

回憶總是美麗

當時光如飛的逝去，我們仍能相聚，這是多麼難得的幸福。有多少人在分手後，因著各自不同的原因，終身不得相見，那樣的一次分離竟然成為永別，真教人錯愕嘆息不已。當年揮別時，又有誰能預知？那麼，相形之下，我們還能一聚再聚，也必然來自上天的恩寵了。多麼慶幸，我們可以不必像李益在他的〈喜見外弟又言別〉中所說：

十年離亂後，長大一相逢；
問姓驚初見，稱名憶舊容。
別來滄海事，語罷暮天鐘；
明日巴陵道，秋山又幾重？

這是一首久別重逢的詩。說的是：經過了十年的離亂、暌違，你長大了，我們才相逢。問你的姓，原以為我們是初次見面，聽到你的名字，我彷彿憶起你舊時的容顏。別後世事變化，宛如滄海桑田，談著說著，不知不覺天色已暗，晚鐘也已響起。明天你就要回湖南巴陵了，這一別，又要隔著好幾重的秋山呢！

別離而後重逢，重逢又要別離，心中的愁腸百結，哪能一一得解？

我們是當年課堂上的師生，幸運的生活在安定的寶島，由於彼此相見容易，使得分離也就沒有那麼感傷了。

只是啊，我仍然覺得妳有些奇怪。外出時，幾乎不吃東西，即使工作長達十個小時，頂多也只喝一點鮮奶。說不定是這樣，才保持了好身材。

每次，我都吃著妳帶來的午餐、點心以及其他，妳坐在一旁陪著，我則吃這又吃那，問妳要不要喝水？妳居然連水也不喝，大概真的要當人間的仙女了。

一面吃，我還一面問妳，我的部落格還要停多久？我的意思是，要不要選個黃道吉日重新開張？或者就讓它永遠沉寂？

妳說，明年元旦好了。開國紀念日，誰都記得。
然後，我們又談起周遭的人，以前的事，還有那遠去的歲月。
走不回過去，幸好我們有記憶可以遠溯。記憶必然是個奇妙的盒子，
只要我們找到密碼，倏忽就可重返，遺忘了紅塵滄桑，遺忘了年華漸老，
我們的心彷彿赤子……
說說停停，一晃眼，四個小時過去了。妳起身告辭，還是不曾喝水，
好奇怪呢！
回憶總是美麗，而妳，一定是仙女，我想。

李益　七四八——八二九

是中唐時期年壽既長，成就又高的傑出詩人。歷經玄、肅、代、德、順、憲、穆、敬、文九朝，目睹歷史滄桑，感慨自身沉浮，寫下了為數不少的名篇佳作。在貞元時期就已詩名遠播，對後世也有相當的影響。王建在其〈上李益庶子〉詩中曾對李益有「詩仙」之譽。晚唐張為〈詩人主客圖〉則將李益置於「清奇雅正主」的高位。

他的詩風豪放，以邊塞詩聞名。是中唐邊塞詩的代表詩人。〈送遼陽使還軍〉、〈夜上受降城聞笛〉兩首，抒寫邊地士卒久戍思歸的心情，廣為傳唱。擅長絕句，七絕尤佳，其律體亦知名。

燦如陽光

那天，我們陪著妳去深坑。

妳去處理事情，我們則四處閒逛，卻碰上了雷雨，只好又躲回車上等妳。

開車的阿隆問我：「為什麼一個受過高等教育的人，竟然會相信這種改運之說？」

我想世間太苦，而人是軟弱的。算命、通靈、拜拜……也不過是尋求內心的慰藉罷了。如果花一點錢，能夠讓妳覺得篤定和安心，而不是惶惶不可終日，也或許不是壞事。

當然，我也明白，這樣的解說，阿隆未必同意。

阿隆從來都認為凡事要靠自己，唯有自力更生，才是活下去的憑藉。

他從小生活苦，受的學校教育不多，全靠自己發憤自修，才有今日的能讀能寫。長大以後，努力開計程車，以求得溫飽……人生歷程的種種艱困，也讓他更為務實，沒有好高騖遠，沒有天花亂墜的幻想。

你們截然不同的經歷，也造成了分歧的處理態度。我無法評斷誰是誰非，卻覺得阿隆更為堅強勇敢。就像大地上的一根草，是那樣的不畏艱難，不懼風雨，堅持要活下去，終於爭得了屬於自己的天空……

的確，阿隆真像是白居易筆下的〈草〉：

離離原上草，一歲一枯榮；
野火燒不盡，春風吹又生。

草，由於生命力的堅強，一再被詩人們所歌頌。生長在原野上的野草，蓬勃而茂盛，它們在冬天枯萎，卻又在春天茁壯繁茂，年年都如此。這些野草，低賤卻強韌，縱使是一把野火燒過，也燒不盡，只要春風輕輕吹過，它彷彿重生，又一派生機盎然，茂茂密密的長起來了。

這也是我佩服阿隆的地方。

當妳回來，雷雨早已停歇，陽光重又露出臉來，萬物欣然，讓人驚疑方才的雷雨交加只是一場幻夢。

作別曾經陰雨的過去，讓陽光來到我們的心中吧！唯有內在燦如陽光，我們才能看到更為美麗的未來。

窗前好讀詩

初春時候，說是有寒流要來，今天的天空灰濛濛，連一朵漂亮的雲也不見。我在窗前讀詩，詩的典雅優美，也為我的日子鑲上了一道美麗的彩虹。

那天，方阿姨跟我說：「家裡剛裝了新的窗簾，可是，我每天還是要把窗簾全都打開，只為了看窗外飄過的雲朵……」原來，喜歡看雲的，不只我一人；原來，對美憧憬的情懷，並不會因為歲數大了就消失。

可惜，今天沒有微笑的雲飄過窗前，不曉得方阿姨會不會覺得有些兒失落呢？

我還記得，每當天寒地凍時，有個朋友總愛在信上寫著：

綠蟻新醅酒，紅泥小火爐；
晚來天欲雪，能飲一杯無？

我當然明白，那是白居易〈問劉十九〉的詩。劉十九即劉禹錫，是白居易的好朋友，詩名亦顯。文學史上有「劉白」並稱的佳話。這詩的意思是說：我這兒有新釀好的綠蟻酒，也準備好了溫酒用的小火爐，天快暗了，好像就要下雪的樣子，最適合飲酒賞雪了，好朋友！你能不能也來共飲一杯呢？

寫的是雪夜懷友，醇美而動人。後來，朋友出國讀書去了，冬夜時依然抄這樣的詩來，不免被我取笑：「閣下莫非江郎才盡？天下好詩又豈只這一首？再說，隔著千山萬水，『能飲一杯無？』簡直太欠缺誠意！」好了，朋友閉門思過之後，終於另有新詞出現，改用歐陽修的〈春日西湖寄謝法曹歌〉：「遙知湖上一樽酒，能憶天涯萬里人。」朋友深深的思念，多麼讓人動容。他說的是：你在那遙遠的地方，應知我在湖上帶著一樽酒，想念著在天涯萬里外的你。

詩的美好，是它說中了你幽微的心事，它也含蓄的為你遞送了無限的情意。尤其是歷代流傳下來的經典好詩，更讓人一讀一嘆賞，頓覺天地間的深情厚意，我們何其幸福得讀這樣的好詩。

窗前讀詩，沒有美麗的雲朵飄過也無妨，而方阿姨，您可知道我對您的惦記和祝福？願和您共享我心中亮麗的彩虹。

春日晴好

有誰不喜歡春光的浪漫？

整整一季春都是繽紛而美麗的。初春婉約，春意深濃時，但見一片繁華，有說不出的迷人氛圍；縱使暮春，花顏已褪，隨風飄零，也另有一種淒清之美。

花團錦簇的盛唐詩壇，最享盛名的是李白和杜甫。前者被後世譽為「詩仙」，後者為「詩聖」，都不是凡人所能企及的。兩人的詩風不同，李白才情超奇，後人縱使傾以全力也無法追及，杜甫則志氣豪壯，悲天憫人。

杜甫的〈曲江〉一詩，寫於天寶年間，戰亂已起，在境遇困頓之下所寫成。

原詩是這麼寫的：

朝回日日典春衣，每向江頭盡醉歸；
酒債尋常行處有，人生七十古來稀。
穿花蛺蝶深深見，點水蜻蜓款款飛；
傳語風光共流轉，暫時相賞莫相違。

安史之亂已起，戰爭未歇。每天早上起來，是暮春的時候，天氣逐漸回暖，詩人拿了一兩件春衣去典當，得了幾文錢，就到江頭的小酒館喝酒，不醉不歸。喝酒欠債都是尋常事，到處都見得到。不過，人生想要活到七十歲，卻也不容易，從古以來畢竟稀少，那麼何不即時行樂？你看，江邊的繁花綠葉間，有蝴蝶在穿梭飛舞，真是好看啊，近岸的水面上，還有蜻蜓款款飛過，多麼的輕盈美妙。詩人為這大自然的美景感動了，真想傳話給這一片美好風光，希望其間盎然的生意可以繼續流傳下去，即使時刻不多，也讓我們相互欣賞、彼此珍惜，切莫辜負了。

這首詩是〈曲江〉二首其二。曲江因水流彎曲而得名，傳說唐玄宗和楊貴妃曾經遊幸於此，更增添了它的聲名。

人生是漫漫長途，有時順遂有時困蹇，一如光和影的相互追逐，無有止時。為什麼就認定自己必須是幸運的？對一切的困頓，竟然是認為上天對待自己的不公，不是怨天尤人，就是哀嘆連連。其實，最好的辦法是安靜接受，找出因應之策。世上沒有完全走不過的關卡，上天試煉了我們，也是另一種祝福，給了我們更多更好的能力，也讓我們學會了真正的謙卑。

而大自然一直都在生活的周遭，給了我們無言的安慰。蜻蜓、蝴蝶、繁花、綠葉，宇宙永遠為人提供無盡的美和深刻的啟發。我們的心，在大自然的安撫之下，將充滿了希望和勇氣，鼓舞我們迎上前去，不要灰心。

請把春天放在我們的心底。春日晴好，是上天給予最大恩賜的禮物。

杜甫

七一二——七七〇

字子美，號少陵野老，又號杜陵野老、杜陵布衣。因其曾任左拾遺、檢校工部員外郎，後世稱其「杜拾遺」、「杜工部」；又因他曾搭草堂居住在長安城外的少陵，也稱「杜少陵」、「杜草堂」，杜甫與李白合稱「李杜」。

杜甫生在唐朝由盛而衰的年代，一生都不得志；然而，他並沒有憤世嫉俗，胸懷寬厚慈憫，多有包容。詩中，處處流露著廣博的同情。他一生寫了三千多首詩，現存的有一千四百多首。質精量多，每一首都帶著自己的人生以及時代的影子，並閃耀著人格的光輝。一部杜詩，就是一部用詩歌寫成的歷史。號稱「詩聖」，其詩被稱為「詩史」。

他的詩講究章法，用字精練，銳意創新。任何題材，經他點化就成不朽之作。其言語的精粹，情感的深摯，意境的寬闊豪邁，在在讓人驚嘆。

一路走來

一路走來，應該感謝的是，所有曾經得到的善意關懷和扶持。有很好的父母和溫馨的家。年少時不知那是珍貴，總以為每個家庭都必然如此。讀大學時住校，也認識了許多來自不同家庭的同學，方才驚訝的知曉，全然不是我以為的那樣。有的父母失和，有的手足冷淡，家未必是溫暖的，於是儘可能在外頭逗留，要睡覺了才回去，家，只是一個免費的旅館。

其實，每個人都有各自的故事，酸甜苦辣，不一而足。

然而，擁有美滿的家庭多麼幸運。它會帶來快樂的童年，父母給予的教誨、關懷和愛，是所有教育的初始。有一個好的開始，人格的養成就會向著正途，而不偏頗。個性溫和，與人為善，實則是得自良好的家教。單憑這一點，就足以讓人永遠心懷感謝。

想想看，大作家琦君因著童年的故事而飲譽文壇，被公認為是國寶級的作家。固然她寫得好，也十分的努力，然而，溫馨的童年卻是她永不枯竭的創作源泉。童年生活，對人生的影響不可謂不大。

後來，我上學了，在不算短的學校教育裡，遇到的老師都很盡責，也很認真，於是可以不必繞路，也沒有太多的波折。我明白：有些人不是這樣，多有坎坷曲折，有時被誤解打壓，甚至遭逢不公平的對待，費了很多的力氣才能一圓讀書的夢。

做事時，也因為謹守本分，加以性情還算好，大抵也是順利的。縱使也曾遭遇困難，因著大家的協助而平安度過。這是幸運嗎？我相信，其中也有上天的成全。

尤其是知足常樂，更讓我活得平安。

且讀王梵志的〈他人騎大馬〉的詩：

他人騎大馬，我獨跨驢子。
回顧擔柴漢，心下較些子。

別人騎著大馬，只有我跨個小毛驢。再回頭看看那些擔柴叫賣的人，內心的不平也就好多了。

世上的人百百種，彼此的際遇更有天壤之別。有的人飛黃騰達，眾所欣羨，有的人粗茶淡飯，過著平凡的日子；可是也有的貧困潦倒，連衣食都不能周全。

要怎麼比呢？比較，只讓我們更加的不快樂罷了。所以，知足，才能常樂。這首詩，就在勸人知足。

比上不足，比下有餘，世情總是這樣。為此，更應滿懷感激。……我只是一個平凡的人，卻因為曾經得到許多善意的關懷和扶持，而擁有一個還算順遂的人生。我常懷感恩。回饋給社會大眾的是，我願以更謙卑的心，處處與人為善。

我相信，只有大家好，才能你好、我也好。獨善其身，已經不符合當今的潮流了。只顧一己之善，只求一家之福，仍不免過於狹隘，唯有寬闊能容，群策群力，才會有更為美麗的明天。

王梵志

原名梵天，生平、家世均不詳，隋煬帝楊廣至唐高宗李治年間前後在世。詩歌以說理議論為主，多據佛理教義以勸誡世人行善止惡。語言淺近，通俗幽默，常寓生活哲理於嘲諧戲謔之間。

誰家廚娘好本事

你的廚藝如何？登得了大雅之堂嗎？

這些年來，文壇上飲食文學大行其道，談吃、寫吃方興未艾。

我讀王建極為膾炙人口的詩〈新嫁娘詞〉：

三日入廚下，洗手作羹湯。
未諳姑食性，先遣小姑嘗。

我因才過門三天，今天在廚房裡洗淨雙手，小心翼翼的煮了一道肉羹。由於並不熟悉婆婆的口味，所以先送給小姑嘗嘗。

寫一個新嫁娘的嬌羞無限和戒慎恐懼，躍然紙上。

至於，現代的女性做飯，固然是為了家人的口腹之欲，有時候，也是生活的情趣之一。

曾經，我看到有人在面授機宜，教滷肉如何做才好吃？誰家廚娘好本事？啊，非也。教的人是個大男生。我趕緊也湊過去聽，才聽一會兒，就結束了，聽者千謝萬謝的離去。那個大男生問我：「妳聽明白了嗎？」

「可是，我前半段沒有聽到。」我據實以告。

「阿彌陀佛。」看來他根本就沒有意思要教我。是因為我笨笨的？還是根本就不像是個會做菜的人？

哎呀，人哪裡可以貌相？以貌取人，有時不免失之千里。

我打從十三歲起就買菜、燒菜，累積的時日久，也略有一點心得。雖然不是那麼喜歡，但也的確做得來。為此，我力主許多生活習慣的養成越早越好。能及早訓練，更可以得心應手，舉一反三。

有好長的一段時間，我非食譜上的菜不做，即使簡單的青菜，也非得是「開陽白菜」，因為上得了食譜。這樣的好處是，請客輕而易舉。平常就吃這樣的菜，隨手做幾道，簡直是牛刀小試，不必刻意求工，就能有個圓滿的結局。

有一年，我和朋友們出國自助旅行，住的房間是附有廚房的。朋友們興沖沖的上超市買了菜，打算自己來做飯。那天我的體力不濟，留在旅店裡睡覺。

她們回來時，我也正好醒了。突然聽到有人驚呼一聲：「這魚沒有處理！天啊，誰會『殺』魚！」於是一一點名，彼時風華正茂，在家又得嬌寵，人人搖頭，奇怪的是居然略過了我。恐怕，在她們的眼裡，我絕對是不會的。

原本說話的人又接著遲疑的說：「那，只好我來試試看了。」我只得出聲說：「我會，從小就會。」當然，那天由我主廚，博得「家教良好」的美名。

多年以來，我的廚藝卻日漸退步，因為飲食習慣的改變，越吃越簡單；至於請客，住在大都會，外出用餐極為方便，只要付錢就是，自然無須親手作羹湯了。

如此看來，各位想要吃我做的菜，只怕得稍待。不是祕而不宣，更不是敝帚自珍，實不相瞞，長久不做，有些生疏了。

我居然也會有這麼一天，連自己都無法料到！

王建——七六七——八三〇

字仲初。

王建是大曆進士。門第衰微，生活貧困，因而更能體察現實社會，同情民生疾苦。他的樂府詩和張籍齊名，世稱「張王樂府」。其題材廣泛，愛恨分明，用字簡潔，入木三分。語言通俗明晰而凝練精悍，富民歌色彩。節奏短促，激越有力。這是王建樂府詩的獨到之處。曾寫過宮詞百首，廣泛地描繪宮中風物，成為後人研究唐代宮廷生活的重要憑藉。還寫過一些小詞，別具一格，如〈調笑令〉，守望之情，躍然紙上。又如〈江南三台〉，雖是白描，別有情趣。

今天，磨劍了嗎？

和好朋友珠的電話聯繫頻繁，她最常問我的一句話是：「今天，妳磨劍了嗎？」幾乎就要取代了「妳好嗎？」

我的回答，有時候是肯定的，有時候是否定的，也有時候是「還在磨」。

我真的是在磨劍嗎？打算重出江湖，以一掃妖孽嗎？

唉，我哪裡有那樣的通天大本事？

那麼，我磨劍，指的又是什麼？

呵呵，有筆如劍哪。

我從小愛寫字，居然一寫數十年，樂此而不疲。珠覺得奇怪：「不需要天天寫吧？太辛苦了！」

我說：「不，寶劍得天天磨，以永保鋒利。那麼，要用時，立可出鞘。」

我深知，天外有天，人外有人。在這個世界上，比我用功的人也多得是。

大詩人賈島有〈劍客〉一詩，是這樣寫的：

十年磨一劍，霜刃未曾試。
今日把似君，誰為不平事？

我以十年的光陰，慢工細活地，淬磨出一把寶劍來，劍刃光耀，有如霜雪一般，卻從來不曾試過它的鋒利。今日，我取出劍，在你面前展示，如果誰有不平之事，我必定替他效力。

試想：十年方才磨出一把好劍，也可見功夫下得深了。

其實，好筆也有如寶劍，可以為民喉舌，可以橫掃千軍……一旦著書立說，更可以藏諸名山，傳之子孫，綿遠而流長。

只是，那都太了不起了，距離我遙遠有若天上的星辰。我所求的，只可自怡悅，於願足矣。

賈島　七七九——八四三

字浪先（亦作閬先）。曾經做過和尚，法號無本。

賈島是著名的苦吟派詩人，著名的典故「推敲」即來自於他。傳說他在驢背上苦思「鳥宿池邊樹，僧推月下門」兩句，反覆斟酌用推還是用敲字，以至錯入了韓愈的儀仗。也說他寫詩是「二句三年得，一吟雙淚流」，後來人們將斟酌鍊字稱作「推敲」。

他擅長五言律詩，意境多孤苦荒涼。蘇軾曾說：「郊寒島瘦」，以評價他和孟郊的詩，遂成千古定評。

溪流上的雲朵

特別要謝謝碧桂，她從來不是我課堂上的學生，卻幫著辦了一次別開生面的聚會。

我們是怎麼連繫上的呢？

多年以前，我有一篇小文章在《講義》雜誌上轉載。她打電話到雜誌社，展轉的聯絡上了我。據她說，國小時，就經常聽聞堂姊們說，鄭老師如何如何。於是，一心一意巴望著讀國中時，能在課堂上遇見鄭老師，哪知事與願違，國中三年都在隔壁班。……

傳聞哪裡可以盡信？卻因為年少的夢無法成真，而加倍覺得珍貴吧。

我以為，更恐怕是想像加了太多的分。

見面了，來了六個當年的小女生。她們彼此相熟，若不是國小同班，就在隔壁班。要不是國中同班，便在隔壁班。

事前說好的，請帶著故事來。所以，是由她們來說故事給我聽。故事真好聽。最扣人心弦的是，生命的故事。

那些真實的、難忘的、烙印在生命裡的，也如此深深感動了我們。在回顧的時刻裡，往日的每一滴淚，都綻放了一朵小花，搖曳在我們的心田深處。

幸好，一切都過去了。

請抹去所有的傷心淚痕吧，它們都應該被留在過去。

如今她們各自擁有屬於自己的天空，我相信未來一定還會更好，這是我最大的心願。

四十多年不見，長大以後的她們個個聰明能幹，相形之下，老師還真的什麼都不會呢。

真有趣。

特別要謝謝碧桂，是她的不辭辛勞，願意為大家的歡喜相見辦了這次聚會，也給了我們如此快樂的一天。

說了很多的話，也開心得不得了。

彷彿是我近日所讀張文姬的〈溪口雲〉：

溶溶溪口雲，才向溪中吐。

不復歸溪中，還作溪中雨。

溪口上方有大片的雲，慢慢向著溪中飄去。雲不可能重新回到溪中，卻化作了雨向溪裡灑落。

雲水就是這樣循環不已的吧？溪裡的水氣，蒸騰而為天上的雲，雲雖無法回歸溪中，卻化作雨，仍然落到溪裡。

讀來，另有一番深情。

我們也好似生命溪流上的雲朵，縱然不能回歸起始，也願有朝一日能作最美的回報。

生生不息，才真正讓宇宙永續。

以前我站在講台上，有時候是很沮喪的，眼前是不乖的學生，我都覺得自己好失敗，只怕連教室管理都不及格。書上說，縱使是悲劇，拉長了時間來看，也可能變成喜劇。

啊，這句話果然是對的。

此刻，我多麼慶幸我曾經是個老師，教書，讓我的生命變得多麼的不同，而且有意義。

我也明白，的確，有很多當年的學生是善待了我。

謝謝。

張文姬

生平不詳。詩人鮑照之妻，所作〈沙上鷺〉、〈雙槿樹〉二詩，詠物寓意，情致婉轉，最為人所稱誦。《全唐詩》留存四首詩作。

夏日

盛夏時候的台北，就像一座焚燒的城。熱浪的襲人，簡直無處可以躲藏。

我最怕這樣的天氣了。熱到不行，即使衣服穿得再清涼，也還是覺得熱不可擋，恨不得把皮給剝了去，會不會就涼快一些？

我那愛游泳的好朋友跟我說：「但願整天都躲在水裡，不要起來。」可能嗎？除非她真的想當「美人魚」去。

值此夏日，做什麼事都打不起精神來，只好整天都關在冷氣房裡，雖然還是不舒服，但至少是不熱了。

炎炎酷暑，我讀古典詩。

高駢有一首〈山居夏日〉的詩，是這麼寫的：

綠樹濃陰夏日長，樓台倒影入池塘；
水晶簾動微風起，滿架薔薇一院香。

多麼可愛的詩！說的是：在夏天裡，綠樹的濃陰茂密，人們在樹下避暑納涼，也就不覺得夏日的漫長難耐了。在池塘邊，還可以看到水中有樓台美麗的倒影，波光瀲豔，如水晶般的簾紋，在微風中閃耀不定。院子裡，有薔薇盈架，隨風飄香，只覺得滿庭芬芳。啊，山中的樹多風涼，即使是夏日，也別有一番幽趣。

讀了又讀，開心極了，原來，好詩是可以讓人消暑的。

我喜歡大自然，尤其是在酷暑肆虐的時刻，尤其是當我們為五斗米而折腰時，真恨不得也歸回田園。

然而，田園生活又豈是容易？連大詩人都嘆息：「種豆南山下，草盛豆苗稀」，文人執鋤，有太多的艱難。風雨侵襲、蟲害、施肥、拔草恐怕是事前所無法設想得到。……或許，偶而到鄉間住個幾天，客串老圃老農就好，若要玩真，自認沒有那樣的能耐。

還是臥遊書中的鄉居生活吧。

書上這樣說：月有意而入窗，雲無心而出岫。月亮有意而入我窗內，白雲無心飄出了山巒。其實月亮入窗哪會是有意？真正有意的，應該是室內那賞月的人兒吧？那一地的清輝，多麼惹人思念！而雲本無心，隨風舒卷，四處飄流，卻和閒適的心情相應和。情景交融，也就扣人心弦了。

歲月靜好，也只在存乎一心。

夏日裡，你都做些什麼？何不一起來讀詩？

高駢

——八二一——八八七

先世為渤海人，遷居幽州（今北京）。祖父高崇文，是唐憲宗時期名將，世代為禁軍將領。唐懿宗初年，高駢在邊疆統兵防範黨項及吐蕃，授秦州刺史。在朱叔明手下任侍御時，「一箭貫雙雕」，被稱為「落雕侍御」。咸通七年（八六六年），又曾鎮守安南，為靜海軍節度使，整治安南至廣州江道。唐僖宗乾符二年（八七五年），移鎮西川，駢嚴刑峻罰，亦有才幹。後來黃巢軍入長安時，唐僖宗急調高駢勤王，他不服朝廷節制，割據一方。朝廷罷免高駢。

高駢晚年昏庸，信神仙之術，能作詩，《唐詩紀事》稱他的詩「雅有奇藻」。有《高駢詩》一卷。

耕耘歲月

我成長的歲月，都在鄉村度過。我有許多好朋友也都是農家子弟。我們家無田可耕，爸爸是公務員，以微薄的薪資養家活口。倒是看到我的同學們，小小年紀，能幹極了，耕田鋤草……什麼活兒都做得，內心十分佩服。

我是什麼都不會，被養得細皮嫩肉的，臉色蒼白得一曬到太陽就要昏倒。我的友伴們都很羨慕我的「好命」，當時的我也的確覺得：不必日曬雨淋，汗滴禾下土，也是一樁「幸運」。

長大以後，我讀詩裡的農家生活，總會想起自己年少時候的朋友們。我也常在詩中，追憶當年的農家情景。

或許像是李紳筆下的〈憫農詩〉：

鋤禾日當午，汗滴禾下土；
誰知盤中飧，粒粒皆辛苦。

農夫種田，春耕夏耘，時刻不得閒，即使是烈日當空，也要待在田裡，任憑千萬滴的汗水不斷的落在田裡，又有誰能了解我們每天吃的米飯，一粒粒都是農夫這樣辛苦種出來的。

畢業多年以後，我們開了同學會。重返年少時的母校，也見到了當年的同窗。一些會讀書的，多半成了老師和公務員，守著一份薪水，簡單過日子。反倒是那些農家子弟，有的作生意，飛黃騰達；有的企業化經營農場，有聲有色。我想：是那刻苦耐勞的精神和儉樸勤快的作風，奠定了他們事業成功的基礎。

真心為他們感到高興。

細想來，那些農家子弟都像松柏，禁受得起生命寒冬中的種種考驗。那樣的堅苦卓絕，縱使歷經許多的挫敗打擊，也努力讓自己脫穎而出。

南朝．宋時劉義慶的《世說新語．言語》中說：蒲柳之姿，望秋而落；松柏之質，經霜彌茂。

蒲柳的姿態搖曳飄逸，一接近秋日就凋謝零落；松柏的資質結實挺立，經歷過寒霜擊打更加顯得茂盛青翠。

「歲寒，然後知松柏之後凋也。」如此堅定肯拼，多麼讓人敬佩。

上天其實是公平的，只要你夠認真，吃得下苦，你一定會有出人頭地的機會。

歲月是一畝一畝的田，你用心耕耘了嗎？你做到勤勉不懈了嗎？如果是，功不唐捐，相信你也會得到豐盈的收穫，那正是上天給予的報償。

李紳 七七二——八四六

祖籍安徽亳州。與元稹、白居易共倡「新樂府」詩體，史稱「新樂府運動」。年少時，才思過人，極為聰穎，能詩善文。元和進士。詩作中以〈憫農〉最為著名。劉禹錫詩中有「司空見慣渾閒事」，司空指的就是李司空李紳，成語「司空見慣」因此衍生而來。《舊唐書．本傳》說：「紳能為歌詩，鄉賦之年，諷誦常在人口。」

卷二 天涯若比鄰

一朵苦澀的笑

別離，是一朵苦澀的笑。

每個人都有過別離的經驗，別離，沒有歡欣，只有傷悲。如果還能擠得出笑容，也必然是苦澀的。

有誰能輕忽別離？我們很難，多情的人更難。「商人重利輕別離」，或許，只有貪名慕利的人才得如此吧！

自古以來，有關別離的詩很多，扣人心弦的也所在多有。現在，我們來讀王勃的〈送杜少府之任蜀州〉：

城闕輔三秦，風煙望五津；
與君離別意，同是宦遊人。

海內存知己，天涯若比鄰；
無為在歧路，兒女共霑巾。

三秦河山夾輔護擁著京城，遙望中，但見一片煙塵滾滾，那是四川的五個著名的渡口。就在此地，和你分離，滿心的別離愁緒，你要往蜀州上任，我也為官飄泊在外。只要彼此視為知己，那麼，縱使天涯海角，各據一方，也有如緊鄰一般。我們就要揮手道再見了，內心的情意奔騰，難捨也難分，就在分手的岔路上，我們可不要像小兒女一樣，只會相對流淚啊！

這首詩的好，在情真意切，所以感人至深。

王勃才華洋溢，年少時，即以「落霞與孤鶩齊飛，秋水共長天一色」的千古名句，驚動了整個文壇。可惜恃才傲物，才命兩相妨，孤高狂妄，卻也失意困厄。二十七歲那年，過南海，遇風浪落水而死，讓人慨嘆。

即使如今王勃的身影已遠，但這首詩所表達的殷殷情意，多少年來，依舊感動著無數的人。

隨著行年越長，人生閱歷的增加，我們深深的明白此身如寄。有誰不是如同一片落葉，飄零在萬紫千紅的宇宙之中？在這一生裡，我們有幸能和一些人相遇，或者是因緣更深，能成為家人、親戚、朋友、同事、鄰居……卻也無法相伴一輩子，遲早都要分離。分離，成了我們此生必須學習的功課，縱使我們哀傷難抑，卻也不能逃躲。就把過往的甜蜜回憶放在心中吧，時時懷想，只要情誼仍在，竟也彷彿不曾離別。

「黯然銷魂者，唯別而已矣」，前人的語句一直在我的內心迴響，從來不曾須臾忘卻。常能這麼想，或許更能知道珍惜，願能時時憐取眼前人，憾恨也就少了一些吧？

王勃

六五〇——六七六

王勃聰慧，從小就能寫詩作賦，不免恃才傲物，任虢州參軍，不久因事罷官。父親也因此降官去做交趾縣令。王勃到交趾看父親時，渡海溺水而死（一說溺水後受驚嚇而死），只活了二十幾歲。後世尊稱他為水仙王，供奉於船上、港口、河邊。

王勃的詩，並未完全脫離六朝綺麗餘風，年少才高，官小名大，詩的內容有渾厚的氣象，寫離情懷鄉最為讀者所喜愛。五律、五絕出色，崇尚實用，立言見志，對唐初文壇的風氣轉變有很大的啟發作用。與楊炯、盧照鄰、駱賓王合稱「初唐四傑」。

「海內存知己，天涯若比鄰」、「落霞與孤鶩齊飛，秋水共長天一色」是他最為膾炙人口的詩句。

歲月花瓣

如果歲月是花瓣，那麼老去的歲月呢？可是花已殘、瓣已落，滄桑破敗，讓人不忍卒讀？

我讀初、盛唐間大詩人賀知章的詩，知道賀知章是由於他對李白的推崇備至。據說，那時李白的詩名未顯，初抵長安，賀知章讀到他的〈蜀道難〉大為嘆服，稱譽為「天上謫仙」，也就是，這樣的好文采不同凡響，該是出於仙人之手，而非凡人之筆了。

一個人對他人的才華，可以這樣的熱情稱讚，也可見胸懷的寬闊能容和豁達大度了。他自己年輕時詩就寫得好，中進士後，仕宦順遂，迭有升遷，直到官拜禮部侍郎，兼集賢院學士，後來告老還鄉，同年去世，高壽八十六。

他的〈回鄉偶書〉第一首，便是膾炙人口的詩，寫來雖有感傷，仍不失趣味。人格和詩格相互輝映，也是後人喜歡傳誦的一首詩。

詩是這樣寫的：

少小離家老大回，鄉音無改鬢毛衰；
兒童相見不相識，笑問客從何處來？

寫的是：一個年紀輕輕就出外打天下的人，幾十年後，年華已大，才返回故里，歲月催人老，卻仍保留了一口濃重的鄉音，可惜鬢髮早已花白了。迎面而來的兒童個個可愛，當然沒有一個認識他，還笑嘻嘻的問：「客人是打哪兒來的呀？」

文字如此清淺，感情卻極為濃郁。能這般寫來的，又有幾人？這正是好詩的特質：「人人意中所有，筆下所無」。

每個人都有過離家的經驗，也興起過舊地重遊或近鄉情怯的感情波瀾。人與物，由於時空的隔離，而有著不同的變化。無論是物是人非，或人是物非，甚至人和物皆非，真是情何以堪？在在都是滄桑啊！

有趣的是，那天真的孩童，還笑著問「客從何處來？」全然不知來者的心酸。朝思暮想的故里，如今得以重返，恨不得載欣載奔；然而，原來應是主人的，卻被誤以為是過客，心中能不百感交集？

只是，歲月悠悠，當鬢髮已白，年華已老，任誰也走不回年少了。

讀這樣的詩，惆悵更與何人說？

賀知章

六五九——七四四

字季真，號石窗，晚年號「四明狂客」。年輕的時候就以文詞知名，書法也很好，擅長草書和隸書。性格直爽豁達，讀了李白作品，感嘆地說：「子，謫仙人也。」他的詩清新脫俗，流傳下來的詩不多，最著名的有〈回鄉偶書〉、〈詠柳〉等。

只餘一抹記憶

對遠去的過往，還記得什麼呢？

賀知章的〈回鄉偶書〉有兩首，第一首就是為大家所朗朗上口的「少小離家老大回」，其實第二首也不分軒輊。閒居無事，且來讀賀知章的〈回鄉偶書〉第二首：

離別家鄉歲月多，近來人事半消磨；
惟有門前鏡湖水，春風不改舊時波。

離開家鄉的時日久了，許多事物都有了很大的改變，當年相熟的親友，曾經一塊兒長大的，也大半都故去了。只有我家門前的鏡湖，春風依然吹拂過水面，泛起了和舊時一般的綠波。

很有「物是人非事事休」的況味，這感慨也就深了。若論名氣，讀者熟知的仍屬第一首。想來，詩也有幸與不幸，一如人的際遇。這首詩也屬於白描，境界亦佳，只是被冷落了。

人生的滋味，我想，任何人嘗來也是百味雜陳的吧？而我呢？在回顧的時刻，只怕是人事全非了，我心中的慨嘆卻只能埋藏，又能說給誰來聽？

最近，我走訪年少時候在麻豆居住的房舍。由於爸爸在台糖公司服務，糖廠多半在鄉間，於是我們老是搬家，隨著他的職務調動，從一個廠到另一個廠，從一個地方到另一個地方。有如吉普賽人。

我不喜歡那樣的歲月，漂泊不定，彷彿連心都是浮動的。

麻豆是我們居住最長的地方，前後近二十年。那美麗的日式房子早已隨著糖廠的關閉而拆去，往日的亭台樓閣有如一場春夢，了無痕跡。真的，如今空蕩蕩的，只剩下一片綠地，還有少少的幾棵樹。樹已老，我也不年輕了。

回台北後，心中不免怏怏。多少惆悵，上我心頭。想賀知章還有他的「鏡湖水」，還能「不改舊時波」；而我呢？只剩下一抹記憶，只能在夢中追尋了。

弟弟知道了，跟我說：「沒有故居，沒有可回去的故鄉，我們算是無根的一代。眷村的消逝更快，幾乎蕩然無存了。」

身為逃難外省的第二代，我們清楚的看到了父母的胼手胝足，為生活而打拚的艱難；然而畢竟保住了性命，流離的日子暫時告一個段落，也已經是幸運了。他們在動亂時代裡，有如飄蓬，辛酸血淚何其多，只是不說罷了。

飲食，或許成了我們追憶往日的憑藉。依循著某種氣味而讓鄉愁得解。房舍不在了，花樹不在了，然而味覺仍在，或許也是一種安慰吧！於是，有了所謂的眷村菜、媽媽的味道等。……

比起顛沛流離的上一代，我們連抱怨的權利都沒有。

是的，當我們在安定的環境裡，順利的求學工作，沒有戰亂烽火，沒有生離死別，上天何其厚愛我們！

或許文字才是永恆的，它記錄了時代的哀歌，歷千百年而不絕。人生有限，文字恆久，真該鼓勵更多的人來書寫，讓苦難的歲月也為後世的子孫所知曉，而不是被悄然遺忘。

魂夢深處

在魂夢的深處，你遺忘了什麼？你又記得了什麼？

閒居無事，和朋友談我們喜歡的詩詞，不知為什麼我們談到了〈紅豆詞〉：「滴不盡相思血淚拋紅豆，開不完春柳春花滿畫樓……」曹雪芹的詞，劉雪庵的曲，歷經了多少歲月的流轉，今天聽來依然扣人心弦。

其實，還有一個跟這首歌有關的故事。

有一個學聲樂的女子到義大利留學。她非常的努力，也很希望把聲樂學好。只不知怎麼的，老是挫折連連。求好心切的她，一再反覆的唱著義大利歌，但教授總是搖頭，「唱不好，再唱、再唱、再唱……」她一遍又一遍的唱，然而教授卻說：「那不是音樂。」

唱了好久，教授一直不滿意。末了，兩個人都累了，就停下來休息。

唱歌的女子很灰心，但也不知道該怎麼辦。

突然，教授說：「妳何不試一試，唱一首家鄉的歌？」

那女子看著窗外的晚霞，想著在遠方的故鄉和家人，以思念的心情，她唱起了〈紅豆詞〉：「滴不盡相思血淚拋紅豆……」一曲唱完，教授大聲喝采，過來擁抱：「這就是音樂！」因為，她滿含著感情，唱出了最真摯的心聲。外國教授根本聽不懂中文的歌詞，卻被歌聲中流溢而出的誠摯和思念所深深打動了。

歌的好聽，在於真誠動人，那就是音樂；而音樂無不迷人，它直接扣響了我們的心弦，心靈為之震顫共鳴，久久不已。

那異鄉女子孤單的心情，讓人想起了王灣〈次北固山下〉的詩：

客路青山外，行舟綠水前；
潮平兩岸闊，風正一帆懸。
海日生殘夜，江春入舊年；
鄉書何處達，歸雁洛陽邊。

這也是一首懷鄉之作。旅途中老是行經青山之外，在綠水之間駕著小舟而過。每當潮水高漲時，顯得兩岸之間的距離更加寬闊了，風正對著去路上吹送，便高高的掛起了風帆。海邊的太陽在殘夜裡逐漸升起，江面上的春色也跟著年末而悄悄來到。家書什麼時候可以寄到？仰望天際，只有託那等候歸去的鴻雁，幫我傳到洛陽去吧！

真是思鄉情切，滿腔愁懷了。……

我們又談起了另一首歌〈懷念曲〉：「把印著淚痕的箋，交給那旅行的水，何時流到妳屋邊，讓它彈動妳心弦……希望似夢，心無依。」是毛羽的詞，黃永熙的曲。原來，有多少無可訴說的心事，默默的和著相思的淚痕，寫在信箋裡，只希望隨著流水飄到伊人的屋邊，好探望自己心愛的人，但願她能知曉那深深的情意……

我的朋友是合唱團的，由她唱來，果真曲曲動聽。雖然她總是說：「妳聽CD嘛，比我唱的好聽多了！」她不知，因著友情的介入，更覺得特別的委婉動人。

這個安靜的下午，是歌聲和故事讓它變得不同凡響。我眨眨眼，希望把它放在魂夢的深處，不能忘，以留待他年說夢痕。

王灣（六九三——七五一）

洛陽（今屬河南）人。殷璠云：「灣詞翰早著，為天下所稱，最者不過一二。」以〈次北固山下〉一詩享有盛名，應是在先天年間或開元初年遊歷江南時所作，風格壯美，意境開闊，也揭示了盛唐詩歌發展的前景，受到當時及後世的讚譽。

浮生若夢

有人跟我說：「在回想的時刻，才發現人生多麼像是一場夢啊！」的確是這樣的。韶華不肯留，所以時光不應虛擲，生命不容浪費。記得，我讀過王之渙的〈登鸛鵲樓〉，字數不多，卻韻味雋永。詩是這樣寫的：

白日依山盡，黃河入海流；
欲窮千里目，更上一層樓。

登上鸛鵲樓，就看到一輪落日，在遼闊的、高低起伏的山陵上，慢慢的沉落了，此時，黃河的水也浩浩蕩蕩的奔流入海，氣勢磅礡，無有止盡。如果，還想看盡千里以外的景物，那就得再爬上更高的一層樓了。

此詩氣勢豪壯雄奇，明為寫景，實則蘊藏了人生的理想。唯有站得高，才能識見廣闊。

我們對生命也應該持有這樣的看法，不是嗎？

前些天，友人打電話給我，談的是她的妹妹和我。她說：「妳們都同樣的堅持，妹妹在讀書上，妳在創作上，所以都看到了很好的成績，也讓人佩服。」讀書，可能是她妹妹今生最大的興趣。年少時家境不好，不敢奢求。進入婚姻以後，忙忙亂亂，直等到孩子大了，她也退休了，方才重拾書本，勤練英文，考過托福，到美國讀書，讀的竟然不是她的本行新聞，而是中醫。更換跑道，依然表現得出類拔萃。多麼讓人尊敬和讚嘆！

我從小身體不好，對明日充滿了憂慮，喜歡閱讀和寫作，不敢一日輕忽。總覺得未來不可恃，努力活在當下，時時勤奮，終於寫了不少書，也得了一些獎。居然為友輩們所謬賞，認為不可多得，難以企及。

如果人生是一條路，必得一步一腳印，踏實的走來。我是相信功不唐捐的，所有的努力，上天必然明白，最終都會給予報償。

若有一點人生的成績，那的確來自堅忍的毅力和大量的努力，其中也有上天的成全，讓人感恩。

浮生若夢，我想，只要夠堅持，也該是一場美夢吧！

王之渙——六八八——七四二

字季凌。

個性豪放不羈，常擊劍悲歌，早年精於文章，也善於寫詩，其詩多被當時樂工作曲歌唱，常與王昌齡、高適等詩人相互唱和，名動一時。尤善五言詩，以描寫邊塞風光著稱。〈登鸛鵲樓〉、〈涼州詞〉、〈送別〉為其代表作。

一片冰心

唐朝是詩的盛世，一片繁花美景，也留給了後人太多的懷想。

在開元、天寶年間，詩壇上人才輩出，除了我們耳熟能詳的李白、杜甫以外，還有「詩天子」之稱的王昌齡。

王昌齡和李白同時，兩人的私交亦好，想來是惺惺相惜了。一樣的浪漫，不拘小節，仕宦之途也因而受阻。果真「才命相妨」嗎？我以為，那是上天給予的試煉，也令後人為之疼惜。

王昌齡的邊塞詩膾炙人口，佳作多矣，如〈出塞〉、〈從軍行〉等。他的宮情詩也極為出色，如〈閨怨〉、〈長信秋詞〉等。

我喜歡他的〈芙蓉樓送辛漸〉：

寒雨連江夜入吳，平明送客楚山孤；
洛陽親友如相問，一片冰心在玉壺。

詩中的涵意是：昨夜滿江的寒雨，我從洛陽來到了吳地，江水已寒，落雨更讓心境蕭索。晨光初露時，我得在芙蓉樓送別好友辛漸，他這一走，彷彿整座楚山也跟著孤獨了起來。他將到洛陽去，如果那兒的親友向他探問有關我的消息，請務必告訴他們，我此刻的心境澄澈明淨，就好像是一塊冰放在美麗的玉壺中。

全詩寫的是依依別情以及自己心境的表白，不論紅塵有多少困頓和不堪，詩人依舊保有超然於物外的心情，這一點尤其顯得難能可貴。

想詩人遭受貶抑時，心境其實是灰敗的，連江的寒雨，深更夜半到吳地，讓人感覺的是愁雲慘霧，詩人如何得有一夜安眠？想來夜半聽雨，點滴心頭。好不容易盼到了天明，然而又要送別好友辛漸，留給自己的，全都是孤寂與黯然，連楚山也跟著孤單起來，那是詩人心情的投射。詩人不可能沒有省思，何以致此？應是不拘細節，得罪了權貴。他跟辛漸說：如果洛陽親友關懷詢問，請不必擔心他會沉鬱悲憤，如今他在江南，雲淡風輕。心境如冰，處在玉壺之中。或許有著幾分孤獨，但並不落寞悲傷，自有對理想的堅持，不會輕言放棄。

人世浮沉裡的滄桑，無人可以逃躲，或許，這也是創作中的養料，在字裡行間，還給了我們一片有情天地。

詩人的超然，想來多麼讓人佩服。

王昌齡——六九八——七五六

字少伯，江寧人，世稱「王江寧」。後來被貶為龍標（今湖南省黔陽縣）尉，世人又稱他「王龍標」。

王昌齡所為詩，音韻高亢而氣勢風華，擅長七絕，善於表達剎那間的感觸。其〈出塞〉一首「秦時明月漢時關」，明李攀龍曾推為唐詩壓卷之作。以邊塞、宮怨、閨怨、送別之作為佳，他與詩人王之渙、高適、岑參、王維、李白互有交往，也和高適、王之渙齊名，因其善寫雄闊偉壯的邊塞詩，常有縱橫古今的氣魄，深受後人推崇，而有「詩家天子」（或作「詩家夫子」）的美譽。

圓滿與惆悵

我剛踏入職場時，辦公室裡的如蘭姊，果真人美如蘭，可是一直雲英未嫁。

許久以後，終於傳來喜訊，她結婚了，那年她四十。嫁的是十八年前曾經相親的男子，在中學教書。

大學剛畢業，美麗的如蘭姊幾乎讓媒人們踏平了門檻。一遇假日就是相親，相來相去，好事不偕，沒一個成的。那男子也在相親之列，一樣沒有下文。

十八年後，依舊男未婚女未嫁，媒人說：「那麼，再相一次親吧？」這次，竟然看對了眼，歡歡喜喜的結婚了。

婚姻美滿，很快也有了兒子，一家和樂。

天啊，怎麼會這樣呢？同樣的男女，蹉跎了十八年，莫非牽紅線的月下老人睡著了，差一點全忘記了？

如蘭姊的感情故事畢竟以喜劇作收，好一場圓滿，多麼讓人感到歡喜。

可是，當我讀到崔護的〈題都城南莊〉，內心不免惆悵。

去年今日此門中，人面桃花相映紅；
人面不知何處去，桃花依舊笑春風。

去年的清明節我到這兒來踏青，就在桃花林前的人家庭院，見到了一個美麗的女子。今年再度前來，麗人的芳蹤飄渺，不知人在何處？只看到春風裡的桃花依舊搖曳生姿。

在春光爛漫的時刻，桃花豔麗，佳人嬌美，這樣的相遇，多麼讓人羨慕。可是，有相逢，就有別離，花開花落，也不過只隔了一年，再度前往時，佳人遠去，不知何方？只見桃花嘩笑，春風仍然輕拂，自己則孤單的面對這一切，心中的惆悵豈能言說？

前半歡樂，後半淒涼，雖然美景依舊，只因為少了心上人的儷影，一切就都不同了。

詩人的這首詩，寫來情意殷殷，無可遮掩；也由於難遣心中的深情，成了千古傳唱的好詩。

我們心中也有情，無奈欠缺好筆以抒發，幸好我們有好詩可以吟誦，也是幸福的。

崔護

字殷功。

有關他的記載少，只知他是唐朝德宗貞元年間的進士，官至嶺南節度使。出身書香世家，天資純良，性情清高孤傲，平日埋頭寒窗，極少與人交往。

詩風清新婉麗，用語極為精鍊。《全唐詩》收錄詩作六首，皆為佳作；尤以〈題都城南莊〉流傳最廣，想來是一段真實的故事，故而感人極深。

愛垂釣的朋友

休閒的時候，你喜歡垂釣嗎？

我讀胡令能的〈小兒垂釣〉，不免莞爾。詩是這樣寫的：

蓬頭稚子學垂綸，側坐莓苔草映身；
路人借問遙招手，怕得魚驚不應人。

這詩寫得有趣。披著一頭散髮的孩童，也拿著釣竿學釣魚，側著身子坐著，就坐在茂密蒼綠的苔草之中，身上的衣服也映現著苔草的綠意。有過路的人向他打聽問路，他只把手搖搖指指，不敢大聲的回話，就怕嚇到了水裡的魚兒不肯吃餌。

我也有一個喜歡釣魚的文友。他經常利用假日，天沒亮就出發，不辭路遠，既搭車、又轉車，到基隆的沿海去垂釣，直到日落黃昏才回來。平常他在大學裡教書，當然不會在家；假日裡又忙著去釣魚，也不可能在家。為此，他的妻子不免多有抱怨。

他卻總是回說：「這，妳就不曉得了。我釣魚的時候，其實是在構思，這樣，才會有靈感，才寫得出好文章來。」

他的妻子是我的閨中好友，私交甚篤，無話不談。她曾拿這事來問我。我笑著說：「每個人的情形不同，但，這事倒極有可能。釣魚，是他喜歡的，更可以讓精神得到鬆弛，靈感就更容易來敲門了！」

我的話，她聽得半信半疑。據說，還曾經刻意陪同前往垂釣，暗地裡則是實地勘查。一看先生如同老僧入定一般，不言不語；再看荒郊野外，也不可能出現什麼美人魚；加以中午時分，烈焰當空照，只怕會被烤成了焦炭，那些美白保養品豈不更要所費不貲了？

從此，他假日去釣魚，再也無人阻攔。後來，他聽說是我美言，更對我禮遇三分呢。

其實，他是個極好的人。人品好又顧家，待人友善，沒有任何不良的嗜好。他在大學裡教書，卻不見絲毫大教授的架子，非常的謙和有禮，讓人即之也溫。

有時候我們上他家小坐，他一本熱誠的招待，陪著我們盡興的聊天，彷彿跟我們平起平坐，是「同一國」的，從來不曾表現絲毫的不耐煩。溫和的個性也表現在他所寫的書裡。字裡行間從沒有激憤之語，也不見偏頗的言論。這樣的溫柔敦厚，使得他寫的書很受讀者的歡迎。

在我，他就是一本好書。我有幸能認識他，看到他從文字的背後走出來，活活潑潑的真實生命，也的確是個謙謙君子，令人敬重。

他仍然常在放假時去釣魚，一釣就是一整天，直到天黑了才回到家。人家姜太公釣魚，釣的是知遇之恩，而我的朋友釣的是什麼呢？是清心自在？是妻賢子孝？還是晚霞滿行囊？

可惜，我再也沒有機會問他了。幾年前，他因意外而逝去，留給我們太多的哀傷和懷念。

此後，每當我看到有人臨溪垂釣時，總不免要想起他。

胡令能

生卒年不詳。福建莆田人，未仕。

早年曾從事負局鍍釘之業（修補鍋碗瓢盆），所以人稱「胡釘鉸」。又傳說夢中有仙人剖開他的肚子，放入了一卷書，從此能夠吟詩。

作品清新自然，平易曉暢。

遙想明潭

我很喜歡日月潭的山明水秀。

記憶裡，這些年來，我也曾多次走訪日月潭。年少時，好朋友文玲家住台中，去日月潭時，有她做嚮導，開心極了。少年不識愁滋味，山水美、寺廟美，一花一木一島……沒有不美的。其實，最美的，是我們的青春，這般的耀眼奪目，只是當時一無所覺。

教書以後，也曾去過好幾回，或跟著學校舉辦的自強活動去，或邀約三五好友自己去。有的是活力，畢竟青春是關不住的。

九二一大地震以後，中部滿目瘡痍。災區重建後，我還曾與藝文界的朋友一起受邀走訪。日月潭還是美的，沿途的文武廟、孔雀園、日月湧泉、德化社、玄奘寺、玄光寺、水社壩堰堤公園、涵碧樓……依舊是山水清幽，讓人懷疑大地震只是一場噩夢。原來，群策群力，眾志可以成城。

如果日月潭是一個奇蹟，我相信，那是來自大家的愛和努力。

我曾讀過，趙嘏的〈江樓有感〉：

獨上江樓思悄然，月光如水水如天；
同來玩月人何在？風景依稀似去年。

這是一首登樓憶舊的詩。我獨自一個人走上江樓，靜悄悄的，不禁想起了許多過往的點點滴滴，這時候，但見江中水月流光與天一色，彷彿凝成了一道銀色的光輝。想起當年和我一起賞月的人，不知道如今人在何處？可是眼前的風景卻彷彿去年一樣。

如今，我讀來卻只覺得傷悲。

唉，物是人非事事休。

好朋友文玲早已不敵肺癌的摧殘而大去，當年攜手同遊的歡聲笑語，唯有在夢中追尋了。是的，明潭千頃闊，波光曾經照倩影；然而物是人非，我內心的慨嘆何止萬千？

水波追逐，倏忽遠去。當年的好容顏，可曾留得住？如果我們留不住軀體，一如我們留不住生命。如果我們留不住青春，一如我們留不住歲月。

流光易逝，遙想明潭，多少前塵往事上我心頭，惦記深深。

趙嘏

（八〇六——八五三）

頗有詩名，不拘小節，卑宦頗不如意。

他的詩富麗優美，且多興味。如〈長安秋望〉中，有詩句：「殘星幾點雁橫塞，長笛一聲人倚樓。」曾被誦詠一時，咸以為佳作，杜牧則呼之為「趙倚樓」，可見嘆賞有加。

彩雲飛

黃昏時，滿天的彩雲如畫。

有一次，好朋友來，她很驚奇的跟我說：「原來，我有個畫友就住妳家隔壁！」

還真巧，細細追究，的確是緊鄰，然而，是在隔壁棟。

好朋友跟我談起那畫友的遭遇，先生外遇，認識了一個年長的寡婦，從此拋妻棄子，一心想要離去。她在不得已之下同意離婚，可是結褵多年，感情已深，心裡實在很捨不得，為此痛苦極了。

我突然想起，她那會吹笛的先生，以前黃昏時，常在頂樓的陽台吹奏，都是一些往日熟悉的歌曲，也常讓我陷入了懷想之中。已經有好長的日子再不曾聽到笛韻悠揚了，當黃昏的彩雲飛過，會不會也感到寂寞？

唉，我竟不知他們家上演的離合悲歡。

我記起趙嘏曾經寫過的一首〈聞笛〉的詩：

誰家吹笛畫樓中，斷續聲隨斷續風；
響遏行雲橫碧落，清和冷月到簾櫳。
興來三弄有桓子，賦就一篇懷馬融；
曲罷不知人在否？餘音嘹喨尚飄空。

到底是哪一家有人在吹笛？原來是在這華美的樓閣之中。那斷斷續續的笛聲隨著間歇的風吹拂而來。當笛聲高亮時，好像能遏止來去的流雲，橫阻在蔚藍的天空；吹得清和時，又好似淒冷的月光照進了窗邊。想起了晉朝時候的桓伊，興致來了，就吹奏出梅花三弄，還有漢朝的馬融，更寫成了長笛賦一篇，都已名垂千古。直等到一曲罷了，卻不知這吹笛的人是不是還在樓上？只覺得有餘不盡的笛韻，依然清脆響亮的回蕩在空中。

可嘆在真實的生活裡，吹笛者的身影早已不見。對那深情的妻子來說，當婚姻的挫敗來到，創傷已然形成。此時，平靜的心情尤其顯得可貴，但願她依然能尋覓到內在的安寧。

當夜色降臨，彩雲再美，也終將逝去；然而，世事也不過有如夢一場，哪裡需要痛徹心扉，賠上了自己美好的未來呢。

人間的苦楚何其多，誰又能逃躲得了屬於自己生命中的試煉呢？既然如此，唯有堅強面對。而此刻，縱有憂愁心事，也隨著彩雲飛去吧。

流光夢影

歲月是什麼？原來，一切都不過是流光夢影。

南遊，彷彿讓我走回了從前。

回母校，訪舊居，多少惆悵上我心頭。幸好，有老同學在一旁陪伴。

母校巍峨壯麗，她孕育了多少出色的人才！在當年，就是一所明星學校，如今多少年過去了，交出的成績單的確亮麗而輝煌，在各行各業都有畢業校友傑出的表現。那時，才十三、四歲，青春飛揚的我們埋頭讀書，一定想不到，後來我們之中，有人成了學者教授，有人是音樂家，有人是內閣官員……大家都是勤勤懇懇的好國民，謹守本分，建設國家。當我重回年少時的住所，但見舊居已拆，環境依然美麗，風景也如畫，它成為一個休閒之地，讓更多的人可以徜徉在它的懷抱，聽風的低語，看白雲的飄然而過……

我想起了李商隱的〈錦瑟〉詩：

錦瑟無端五十絃，一絃一柱思華年；
莊生曉夢迷蝴蝶，望帝春心託杜鵑。
滄海月明珠有淚，藍田日暖玉生煙；
此情可待成追憶，只是當時已惘然。

綺美的瑟啊，沒來由的有五十根絃，一絃一柱的清音都讓人思戀起往日的青春年華。青春果然如夢，想起莊周在破曉前的夢裡幻化而為蝴蝶，望帝把美好憂傷的心事，唯有託給聲聲悲啼的杜鵑。月亮照在茫茫的海上，傳說鮫人的淚水都化為顆顆的珍珠，溫暖的陽光照在藍田上，使原本溫潤的玉升起了淡淡的煙霧。所有細膩深沉的感情只能在追憶中懷想，追憶或可帶來往日的歡樂，卻總是讓人覺得有無限的迷惘和惆悵啊。……

回台北以後，老同學卻急急送來了一盒水果、一罐茶、一包花生……

都是她愛吃的東西，分享的意味極濃，讓人不免莞爾。那水果，我瞧了又瞧，個頭很像奇異果，但顏色淺了一些，也頗類似馬鈴薯，後來才知是人參果。市場上不太常見，想必很費了她一番心思才買得一大盒。我知道，人參果裡，曾有她和學生互動的溫馨故事，只是這水果我不曾吃過。難道會是《西遊記》裡豬八戒吃的人參果嗎？真的吃了就會延年益壽、長生不老？倒惹得我好奇心大起。老同學說，得等果子軟熟，去皮，滋味甜津津的。我還沒有吃呢，卻為友誼的芬芳而迷醉。謝謝老同學待我種種的好，縱使歲月飄忽，真摯的情誼永遠動人。

如今小鎮的繁華，早已不是當年小小年紀的我所能想像的。聽說，還有兩所大學在這兒。街道寬坦整潔，建築物林立，會不會它的安靜淳樸也跟著失去了呢？曾經教過我的老師們，遷居的遷居，凋零的凋零，再也無從打探尋覓了。我深深一鞠躬，感激老師們曾經給予的關愛和提攜，我方才得有今日。

隨著歲月的推移，我們從青春年少走到了哀樂中年，更年輕的一代，也向著我們飛奔而來，我們會把知識、經驗傳承下去，尤其，我們會給予愛和希望，相信他們會成長茁壯，優秀傑出更勝於我們。

那麼，即使有一天，我們的身軀被落葉所覆蓋，也將含著微笑，無所憾恨的離去。

那個幽靜美麗的地方——總爺與我

總爺在哪裡？就在台南縣麻豆鎮的邊陲，離鎮上約有兩公里。它是麻豆糖廠的所在地，員工宿舍井然有序，環境極為優雅，還有個總爺國小。

爸爸在糖廠任職。我們也像吉普賽人一樣，隨著他職位的升遷而不斷的搬家，從一個糖廠到另一個糖廠。總爺，是我們居住最長久，也最讓人懷念的地方。

搬到總爺時，我國小畢業，在高雄參加初中聯招，放榜報到後，轉學到麻豆的曾文中學，也就是麻豆國中的前身。這是當年台南縣最負盛名的學校，以今天看來，的確作育英才無數，在各行各業表現傑出。

進入廠區的大門，是兩排高大的椰子樹，然後就是美麗的樟樹了，深黑色的樹身，葉子青碧可人，細細碎碎的影子灑落了一地，在盛夏時帶來了無數的清涼。

右邊是紅磚砌造的總辦公廳，有兩層樓高，外觀莊嚴，建造於日據時代。辦公廳前有花園噴泉，栽種著各種顏色的玫瑰花，漂亮極了。年少時，我愛看風中搖曳的玫瑰，以為那是夢裡的天堂。

左邊有一棵古老的大榕樹，生出許多氣根來，還有招待所、食堂，有個網球場，很早以前就有夜間照明設備，即使在晚上也可以打球。

我記得，當年房舍的圍籬是七里香，花多樹也多，家家都有院落，種有果樹，如荔枝、龍眼、芒果、文旦、芭樂等等。夏天的晚上，星光閃爍，螢火蟲明滅，小小年紀的我們常坐在庭院裡乘涼，或閒話家常或聽祖母說故事或聽大人們擺龍門陣……直到夜幕低垂，我們也昏然睡去，夢裡，全是星星的低語。

那是多麼快樂的時光啊！長大以後，我讀杜牧的〈秋夕〉，竟彷彿是年少生活的重現：

銀燭秋光冷畫屏，輕羅小扇撲流螢；
天階夜色涼如水，臥看牽牛織女星。

秋夜裡銀色的燭光，映照在冷冷的雕花的屏風上，我拿著輕紗做成的小巧扇子，想要追逐捕捉那從眼前飛過的螢火蟲。夜已深了，石階清涼，如水一般，我安靜的坐著，默默凝視著天上的牽牛和織女兩顆星。

平日觸目所見，整個廠區的確很像個公園，乾淨而美，當然編有清掃整理的員工。所有員工的兒女可以送往托兒所、幼稚園，再大一些，就到總爺國小讀書。這是一所迷你小學，每個年級只有一班，每班才二十幾個人，所以全校的師生都認得。

在那個惡補猖獗的年代，總爺國小是非常特別的。教學正常化，音樂、美術、體育都上，所以來自總爺國小的孩子各個彬彬有禮，多才多藝。他們在初中入學考試或許未必贏得了別的學校，但只要能夠考上的，都有非常出色的表現，在各種比賽中掄元。不只是功課好，而且口裡說得，筆下寫得，運動場上也可以滿場飛……在很早的時候，就已經真正落實「五育並重」的教學理念了。

我的弟弟妹妹們都很幸運，能在這麼可愛的小學就讀，受到很好的薰陶。

今年春天，我從台北南下訪友，特別回到總爺，糖廠雖已不再生產運作，廠區依舊在。路樹更高大濃密了，交纏相握的枝葉，有如天然的拱門。朋友說，「那是婚紗照美麗的景點。」總辦公室已列為古蹟，整修後，成為南瀛總爺文化藝術中心。但見舊居早已拆去，現在的音樂表演台，是當年我們家的所在。

也在今年的春天，總爺國小歡度六十週年校慶，網站上熱鬧滾滾，許多旅居國外的校友都趕回來參與盛會了。虆弟也榮獲傑出校友獎，舉家同賀。

沒多久，竟驚傳總爺國小要廢校了。多麼讓人惋惜啊，那是一個十分溫暖可愛的小學，曾經灑落的歌聲笑語，在在令人無法忘懷。

許久許久以前，我還年少，曾經和作家羅蘭阿姨寫信，也許她看到了我地址上寫的總爺，她跟我說：「總爺是個幽靜美麗的地方，我曾經去過，那是十多年前了……」

歲月悠悠，總爺，依舊幽靜美麗，它是我生命中一枚溫柔的印記。

杜牧

八〇三——八五二

字牧之，號樊川。祖父杜佑曾任宰相。杜牧在家族中排行十三，因此根據唐人的習慣，被稱為「杜十三」。曾任中書舍人（中書省別名紫微省），人稱「杜紫微」。在晚唐成就頗高，時人稱其為「小杜」，以別於杜甫；又與李商隱齊名，人稱「小李杜」。

杜牧詩文皆佳，是晚唐著名的詩人和古文家。晚唐文人大多喜作律詩、絕句，不擅於長篇五言古詩。這正是杜牧備受矚目的所在，他的長篇五言古詩氣骨遒勁，也擅長七律。其絕句詩，更是語言清麗，情韻綿長，在藝術上別具一格，為後人所推崇。深受韓愈的古文影響，筆力遒勁，相當傑出，注重思想內容，而輕詞藻的華麗。總之，其詩英發俊爽，為文尤縱橫奧衍，多切經世之務。

為了心愛的人

好朋友周艾跟我說了一個故事，因為真實，所以格外動人。

他們真的是白手起家。

他自己動手蓋了一間屋宇，給他心愛的妻子住。那時候，他們結婚才一年，邀我去玩。

已經是鄉下了，還在更為僻遠的地方。她說，因為遠，所以土地便宜，至於一磚一瓦的砌成，那是丈夫的事，他曾經讀過建築系。

可是我心裡想，他讀建築系也不過一年，大半還都是共同科目，後來就轉系了，這哪成呢？

他的妻子是我的大學同學。畢業以後，我回南投老家工作。沒想到遠住台南的她竟然跑到我的鄰鎮來教書，千里姻緣一線牽，她的丈夫則從台北也來到她的學校服務，兩個人都好年輕，志趣相投，終於共結連理。
我抱著興奮的心情前去探訪。記得，那是一個春日雨後的早晨，小鎮平坦的路早已走完，我彎向鄉間原野，遠處還有青山隱隱。
春天了，萬物一片生機盎然。
書上說：桃紅李白，疏籬細雨初來；燕紫鶯黃，老樹斜風乍透。說的是，桃花紅李花白，眼前一片繽紛美麗，只見細雨點點，穿過了稀疏的籬笆飄來；紫色的燕、黃色的鶯，都在婉轉低鳴，斜風突然透過老樹的枝葉向我吹來。
春日如此溫煦美麗，難怪景物大不同，有花有樹，還有鶯歌燕舞。在這個生機處處的春天，一年之計在於春，我問自己：還打算做些什麼呢？……
我到了朋友家，有綠意環繞。
也看到了屋畔的柳樹，初春時，一定很像賀知章的〈詠柳〉詩，所展現的景況吧：

碧玉妝成一樹高，萬條垂下綠絲絛。
不知細葉誰裁出？二月春風似剪刀。

柔嫩青綠的垂柳，有如一株玉樹，又像是凝妝的美人，迎風中的千萬條，就像是輕柔的絲帶隨之飄揚。不知道這細長的葉兒，到底是誰的巧手裁出來的呢？原來是這二月的春風，竟然像一把神奇的剪刀所剪出來的。

原來，二月的春風有如奇妙的剪刀，剪出了千萬柳條，在風中飄舞著，真是別開生面的描繪，如此創意十足。多麼令人讚嘆。……

你看，眼前枝頭抽長的綠葉，帶著青嫩的顏彩，全都是盎然的生意。

而他們的家呢？

好像是我兒時在圖畫紙上所畫的房子啊！有一道大門，旁邊有兩扇窗，房子沒有隔間。想來也是浪漫的事，打造夢的小屋，為了自己的親密愛人。

只是，我的夢很快就幻滅了，不在於鄉間小路的難走，而是她跟我說：「曾經有蛇跑進來。」什麼？蛇？我立刻毛骨悚然，把腳縮到椅子上。她還接著說：「有一次，我被毒蛇咬了一口，丈夫揹著我飛奔前去求醫……」我聽了更怕，不安的望著四周，不曉得蛇會從哪個隱密的角落裡鑽出來？宛如四面楚歌，真恨不得立刻打道回府算了。

她卻告訴我：「不用害怕，大白天的，蛇不會來。」我想到它屋後的草叢樹林，彷彿步步都有危機埋伏，簡直就快待不下去了。

她的丈夫倒是很斯文的一個人，溫和有禮貌，給我的印象很好。在他們家吃了一頓飯，好像還是她丈夫下的廚，感覺很不錯。

很多年都過去了，彼此都忙。小鎮也越來越繁榮，平地紛紛起了高樓，他們也搬了新家，我卻輾轉來到台北定居。

他們白手起家。年輕果然就是本錢，勇敢堅定、奮勇前行，彷彿什麼都不怕。隔著大段的歲月以後，現在回想起來，反而覺得帶有著幾分的趣味。

這是周艾跟我說的故事，然而，當我告訴她，男主角可是我的大學同學呢。果然，讓她驚訝不已。這個世界何其小，碰來碰去，竟然都是相熟的人。

當年他為心愛的人親手打造屋宇，那樣的浪漫事，依舊讓人津津樂道。

不是別離

人生有相聚相守，也就免不了有別離來臨的一刻。

別離，總讓人黯然銷魂。有些別離，還能期待重逢的時刻；有些別離，竟是天人永隔，教我們情何以堪？

多少的流淚不捨，在別離時，我們難掩心緒的落寞。生離死別，都是人生的痛。

有一天，我讀到一首詩，那還是一個十歲小女生的書法作品。

詩是這樣寫的：

渺渺天涯君去時，浮雲流水自相隨。
人生一世長如客，何必今朝是別離？

詩極好，豁達自在，只是不知出自何處？尋訪多年後，我才知道那是朱放的詩〈送溫臺〉。

意思是：你要去那渺遠的天涯，自然有浮雲和流水相伴隨。唉，人生在世，長年都像是過客，經常都在遷移流離之中，那麼，何必認定，只有今朝才是別離呢？

只是，十歲小女生以毛筆寫來，她能否明白詩中的含意呢？在父母的疼愛下，別離距離她，恐怕是太遠了。

不知世間的傷痛，也是一種讓人羨慕的幸福吧。

當我們長大，父母也逐漸老去，誰也無法阻止凋零時刻的到來，生命終究失落。我也終於在短短的幾年之間，相繼失去了摯愛的雙親，心中的大慟，更與何人說？好朋友則喪偶失女，淚已盡，長夜睜著不寐的眼，險險就要瘋掉……的確，紅塵是苦，可是，誰又能免去這般的浮沉歷練呢？

是的，人生一世也不過宛如過客，既然此身如寄，那又何必一心在意眼前的別離呢？也或許，有朝一日，在另一個時空裡，我們依然可以言笑宴宴，相依相隨。

讓我們以更寬闊的胸懷，來看待此生的種種功課吧。不論別離，不論死生，其中都有上天的旨意，原是要我們在不斷的學習裡，更加懂得謙卑有容的重要，更能清楚慈悲喜捨的力量。

再讀一次這首詩，依然覺得詩好。的確，「人生一世長如客，何必今朝是別離？」既然不算是別離，那又何須淚眼相對？

讓我們以更珍惜的心，來看待今生所有的相遇吧，也努力讓它們都成為好緣，值得終生懷想。

卷四
獨釣寒江雪

閒雲一朵

當日子越過越忙碌時，我多麼希望自己只是天邊的一朵閒雲。

一直喜歡讀詩，歷代以來傑出的詩人多，好詩更多。

你喜歡李白嗎？你也愛讀他的詩嗎？

我喜歡。我想，不喜歡的人恐怕少有。這麼一個極為難得的天才詩人，真的也只有天上的謫仙下凡來，才得以成就了。

他的才華洋溢、狂放不群，雖然詩名顯著，但一生得意的時刻不多，出世與入世兩皆落空。杜甫在〈贈李白〉詩中寫著：「痛飲狂歌空度日，飛揚跋扈為誰雄。」或可觸及他內心的悲愴吧！

李白精采的詩太多，歷千百年而依然傳唱不絕。

我也喜歡他的〈敬亭獨坐〉：

眾鳥高飛盡，孤雲獨去閒；
相看兩不厭，只有敬亭山。

詩裡的意思是：所有的鳥都飛走了，也飛盡了，在我的眼前，只見一朵孤單的雲朵，獨來獨往，很悠閒的樣子。我一個人坐在這裡，也不知過了多久的時光，只覺得這敬亭山越看越親切，竟彷彿莫逆於心，一點也不覺得厭膩。

文字淺淡，寫來素樸可喜，不必雕琢，無須粉飾，就這樣直指人心，千古傳唱。誠摯，所以動人，就是好詩的評選標準了。

這首詩的字句不多，卻清新自然，宛如珠玉。

想這樣的一座敬亭山，曾經有多少鳥兒歡聚、飛翔、高歌，好一場熱鬧。雲朵們也湊趣的飄來飄去，離離合合。應該已經過了許久，時光早已悄然流逝，看鳥兒都飛光了，連一隻也不見蹤影，只有一朵孤單的雲在閒閒走走，很快的，它也會飄離吧。留下了無邊的寂靜，也帶給了人們無比的寂寞。繁華事散，不也是這樣嗎？沒有人能跟歡笑，甚至幸福長長久久，那不過是我們的衷心期待和癡心妄想罷了。世上的離合悲歡無有止時，一如植物的盛衰榮枯循環不已。沒有永恆，永恆只存在我們的夢裡。然而，連夢也會飄零，當我們不在了，夢也遺落了。

面對著一片靜默，人，又何嘗不是孤獨的呢？人也像是那一朵孤雲，獨自往來，無所依傍。所以，孤獨，才是人生的本質，誰也無可逃躲。繁華靡麗，全都只是短暫，轉眼都將成空。

詩人落寞的情懷，是怎樣深深撼動了我們？誰沒有孤單的時刻呢，在孤單裡，你想些什麼呢？也想像自己是閒雲一朵，陪伴著山光水色？

當年寂寞心

初冬時，我讀柳宗元的詩文，也讀他寂寞的一生。

柳宗元的人生只有短短的四十七年，像劃過天際的流星，縱使光芒耀眼，然而瞬間即逝，留給我們的是不捨和懷念。

他生於唐代宗大曆八年，字子厚。二十一歲考上進士，二十四歲中博學宏辭科，三十歲任監察御史，後來經王叔文舉薦為禮部員外郎，一生功名此為巔峰。唐憲宗即位後，王叔文貶死，柳宗元則被一貶再貶，流離的歲月前後有十一年多，最後死在柳州，世人也因此稱他為「柳柳州」。

他從三十四歲到四十一歲都住在永州，永州地處荒僻，然而不失山明水秀。柳宗元讀書寫詩，也遊山玩水，出名的〈永州八記〉寫於此時。在文學史上，他的遊記小品也的確佔有一席之地。

柳宗元年輕時候才名已顯，不免鋒芒畢露，加以仕宦之途順遂，更是喜形於色，不知謙抑內斂。等到政局變革，他黯然遠離了權力核心，不只人生觀因此丕變，也影響了他的詩風，有的血淚交織，有的真情流露，在在扣人心弦。

他的〈別舍弟宗一〉是這樣寫的：

零落殘魂倍黯然，雙垂別淚越江邊；
一身去國六千里，萬死投荒十二年。
桂嶺瘴來雲似墨，洞庭春盡水如天；
欲知此後相思夢，長在荊門郢樹烟。

寫的是：貶謫以來魂魄的七零八落，黯淡的心緒極為傷悲，還記得在柳州江邊話別時的眼淚縱橫。這次遠離家國有遙遙的六千里路，我這投荒的逐臣，在生死的邊緣中苦苦掙扎有十二年之久。桂嶺的瘴氣瀰漫，連雲也陰慘得像墨一樣的黑，想你即將遠遊春光爛漫、碧水如天的洞庭湖。往後我懷念你的夢，當會長留在荊門邊的樹影雲煙裡吧！

寫盡了貶謫後的身心重創，宛如一抹愁雲慘霧的絕望心情，若非身歷其境，哪裡寫得出來？去國投荒的種種坎坷，即將遠赴的桂嶺也是一片瘴癘之地，雲霧如墨，又豈是宜於人居？然而，幸喜弟弟將去春盡水如天的洞庭湖，那裡的春光明媚，多麼讓人雀躍。在一片黯淡的離愁裡，仍有著深深的祝福。

詩人的人間行路竟是這般慘痛憂戚，是不是因為這樣，他寫的詩蘸滿了點點血淚，也才千古流傳的呢？

想及詩人當年寂寞心，千百年後的我讀他的這首詩，仍然覺得不捨。

柳宗元

七七三——八一九

字子厚，唐代河東郡（今山西省永濟市）人，故稱「柳河東」。二十一歲中進士，最後的官職是柳州刺史，又稱為「柳柳州」。擅長山水遊記、寓言、傳記文、政論文。與韓愈同為中唐古文運動的領導人物，並稱「韓柳」，為唐宋八大家之一。主張「文以明道」，「道」指的是儒、佛、道三家。

柳宗元的《永州八記》是後世遊記文學的典範。永州山水，奇麗多姿，柳宗元以敏銳的審美眼光，不僅寫出了山水的自然美，更在對山水的描寫中，融入了自己豐富的思想感情，構成情景交融、富有詩意的境界。

柳宗元的詩多抒發個人遭貶離鄉去國的悲憤心情，也有反映田家生活的作品。寫景的詩深雋明徹，則寄託了詩人本身的性格，如〈江雪〉、〈漁翁〉等。與韋應物並稱「韋柳」，詩風也近似陶潛。

寂天寞地一漁翁

一直很喜歡柳宗元的〈江雪〉：

千山鳥飛絕，萬徑人蹤滅；
孤舟簑笠翁，獨釣寒江雪。

年少時，學這首詩，只覺得易誦好讀，很簡單哪。不稍幾分鐘，就能朗朗上口。詩裡的意思也不難懂，說的是天寒地凍時，所有山裡的鳥都不飛了，所有小徑上的人都不見了蹤影，這時候只有那披著簑衣戴著斗笠的漁翁，一個人坐在孤舟上，獨釣著一江的寒雪。……沒什麼生難詞語啊！

當老師問：「懂不懂啊？」

我們喧天價響的喊：「懂啊！」

我心裡卻在想：這漁翁可真有些奇怪，大雪天裡，為什麼不留在家裡？一個人孤單的坐在船上，釣著一江寒雪？簡直頭殼歹去。可是他能釣到魚嗎？想必連魚兒也都冬眠去了。

老師卻說：「這是柳宗元最膾炙人口的一首詩……」

我想，只要好背，能得高分就行了。

多少年過去了，青春遠揚，中年的心境蕭索，再讀這首詩時，果然是不同的況味。繁華事散，嘗盡了離合悲歡，踽踽而行的人生路，一片寂天寞地，有誰不是那獨釣寒江雪的漁翁？

〈江雪〉一詩的好，正在於他寫出了那孤高不同於流俗的情懷，那美而淒冷的畫面也因此停格。千百年來，不斷的在讀者心中引發共鳴，終究成了千古絕唱。

當我在國文課上，跟我的學生們講解這首詩時，我一再稱讚它種種的好，然後我問他們：「懂不懂啊？」

「懂啊！」他們也喧天價響的喊，一如年少時的我。

然而，他們晶亮的眸子，未解世事憂煩的神情，我明白，他們只是知曉字面的解說，其實並不懂得詩裡的悲涼。

不懂，也是一種幸福吧！

我突然想起，當年我的老師，會不會也曾懷抱著和我此刻同樣的心情？

寂寞月色

在料峭春寒的時節，窗外雨潺潺，更平添了幾許清冷。我在夜裡讀詩，不見月色清輝，縱有，怕也是寂寞的。我讀劉禹錫的詠史懷古詩，那是他詩中最為人所喜愛的部分，他的〈金陵五題〉何等膾炙人口！歷史的興亡，盛衰的無常，讓千百年後的我們讀來，仍不免悵觸萬端。曾經有過的輝煌，都已淪為破敗蒼茫，歷代的興亡，總是這般，人事的替換，又何嘗不是如此？

他的〈石頭城〉是這樣寫的：

山圍故國周遭在，潮打空城寂寞回。
淮水東邊舊時月，夜深還過女牆來。

被群山圍繞的故城，周遭的景物依稀如昨。然而，潮水一波波的擊打著城牆，只聽到一聲聲寂寞的回響。南朝的傷心事似乎已經遠去，可是，淮水東邊那吳國時就有的月亮，在夜深人靜時，仍默默的跨過女牆而來。

〈石頭城〉是〈金陵五題〉中的一首。石頭城指的就是金陵，當年的東吳孫權，曾都於此，而南朝也建都在這兒。這座城市有太多六朝金粉，興盛時不可一世，當詩人面對著石頭城時，不免想起它舊時的顯赫，然而，物換星移，史上的英雄豪傑如今安在？石頭城，也不過如同一座空城罷了，只有潮水不斷拍打著空蕩蕩的古城，留下的，也只是寂寞而已。潮水不變，潮水果真不變嗎？跨越了漫漫的時空，它不也跟著蒼老了？

我們讀史，朝代的興替總是循著一定的軌道進行，由興盛而到衰亡，竟然是一則鐵律，無一倖免，又為什麼人類無法謹記教訓？多麼讓人為之浩嘆啊！

人世裡有太多的滄桑，尤其是在撫今追昔的時刻，更難免興起很深的感懷。

當詩人仰望淮水東邊的一輪明月，這月亮不也曾照過魏晉南北朝和兩漢嗎？多少繁華興盛事，而今俱成塵土。在夜半更深時刻，淮水東邊的舊時月，跨過了短牆而來，猶深情臨照，多情的，會不會也是那月色？唉，寂寞的，也是那月色了。

劉禹錫——七七二——八四二

字夢得。因曾任太子賓客，故稱「劉賓客」。白居易稱他為「詩豪」。

與白居易並稱「劉白」，個性剛正，心憂天下。

他的詩通俗清新，精練含蓄，善用比興手法，多有弦外之音。他以〈竹枝詞〉、〈楊柳枝詞〉和〈浪淘沙〉為名的三組詩，富有民歌特色，是唐詩中別開生面的詩作。〈烏衣巷〉、〈石頭城〉和〈柳枝詞〉則是傳世的精品，對後世的詩人和詞人有其影響。

心中的竹

中國人對竹一向有著特別的感情。

不論是詩人寫竹，畫家畫竹，我常覺得，他們總是將竹的氣質神韻入詩入畫，動人心弦處也就多了。

我喜歡白居易的一首詠竹的詩〈題李次雲窗竹〉：

不用裁為鳴鳳管，不須截作釣魚竿；
千花百草凋零後，留向紛紛雪裡看。

這詩頗有趣味，也並不難解釋：那窗前的綠竹，不要想著將它裁成蕭管，也不須把它截成釣魚竿。當冬天來時，繁花落盡，百草凋零，望向紛飛的雪裡，只見竹依舊青碧如是。……

依依窗竹，不被砍下製成簫管和魚竿，只是為了留著它與白雪相映成趣。這般超拔脫俗之物，若僅為了世俗之用，不也可惜了嗎？其中仍有詩人的殷殷情意，多麼教人感動！

這首詩讀來既親切又討喜，沒有生難詞句，只覺渾然天成。自然，從來就是評定好詩的標準之一。文學創作的可貴，在於它為讀者提供了無可言喻的美感，直抒胸臆，直訴性靈，讀者可以作理性的聯想，更可以作感性的探索，重新賦予新的解說和意義。俞陛雲在〈詩境淺說甲篇〉裡說：「……見仁見智，無所不可。一篇錦瑟，在箋者會意耳。」讓人讀來莞爾。

騷人墨客常從竹的挺拔，想到人品的耿介不阿；從竹的中空有節，想到人應謙虛貞潔；從竹的經冬猶綠，想到君子的走過困頓，依舊高風亮節……

即使，我終究無法在自己的住處種竹，但能從詩中畫裡去尋，也是平生快意事啊！

詩人之淚

閒暇時我讀詩，讀到一首憑弔屈原的詩，心中有著很深的感慨。那是戴叔倫所寫的〈三閭廟〉。詩是這麼寫的：

沅湘流不盡，屈子怨何深；
日暮秋風起，蕭蕭楓樹林。

由於屈原曾經掌管昭、屈、景三姓王族，序其譜屬，所以人稱「三閭大夫」，為他所立的廟，就叫三閭廟。屈原的一生，信而見疑，忠而被謗。因諫楚懷王不聽，悲憤之餘，最後自投汨羅江而死。楚人憫其忠貞，憐其悃悃心志，為其立廟。

沅湘的江水，滔滔不盡，一如屈子心中所懷的怨，是這般的深廣。當我來此憑弔，已是紅日銜山，天將暮，秋風乍起，楓葉蕭蕭，落紅滿徑，真有不勝今昔的感慨啊！

名為弔屈原，實則也有自我的投射。懷才不遇，屈子之怨，又何嘗不是一己之淚啊！借了他人的酒杯，澆了自己胸中塊壘。

好詩在引人共鳴。傷時感懷，人人難免。極精簡的文字，卻能含蘊深遠，這也正是我喜歡古典詩的所在了。

從來我們讀史，以古為鑑，可以知興替。然而，時代的悲劇不斷的重演，忠臣被貶，流落蠻夷之地，不為君王所信賴，終至朝政日隳，國土淪亡，徒留千古的浩嘆罷了。

唉，人間興廢事，也不過如潮來潮往。江上煙波浩淼，幾度夕陽紅。

今天，我們以端午節來紀念屈原，不只有龍舟競賽，為屈原招魂，還要綁粽子，以餵食江魚，冀安屈原的魂魄；甚至，還把那天定為「詩人節」，以誌永遠不忘。

或許，屈原仍是幸運的，後人對他的緬懷崇敬，千百年來猶有知音。

屈原的事蹟，不斷的被我們一再傳誦。屈原之名，千古長存。歷史畢竟還給了他公道，屈原若於地下有知，該也無所憾恨了。

戴叔倫

——七三二——七八九

戴叔倫的詩，體裁形式多樣：五言七言，五律七律、古體近體，皆有佳作。題材內容豐富，有反映社會現實、同情民生疾苦、慨嘆羈旅離愁、描繪田園風光等，而在他的諸多詩篇中，尤以反映社會現實的作品最具價值。戴叔倫的論詩名言，如「藍田日暖，良玉生煙，可望而不可置於眉睫之前也。」對宋明以後的神韻派和性靈派詩人有相當的影響。

戴詩以描寫農村生活為主，構思新穎，富韻味之美。

思念的雲梯

我來自嘉南平原，平原的遼闊和豐饒，是記憶中永恆的風景。嘉南平原是有名的稻作區，我們常看到農夫忙碌的身影，或播種或插秧或鋤草，或噴灑農藥或收割或曬穀……終歲辛勞，無有止時，果真是「誰知盤中飧，粒粒皆辛苦」。記憶裡，秋收時，金黃稻穗的串串垂掛，那樣的豐盛之美，尤其讓人難忘。

詩人顧況曾有〈過山農家〉的詩：

板橋人渡泉聲，茅檐日午雞鳴；
莫嗔焙茶煙暗，卻喜曬穀天晴。

踩在跨溪的木板橋上，看著橋下的溪水奔流歡唱，這時日已正午，有太陽高掛，安靜的農家，由於我的到來，連雞鴨都驚叫了起來。山野純樸，請莫嫌焙茶的煙嗆薰人，真高興天氣晴朗好曬穀。

這首詩寫得很生動傳神。相信，讀過的人也會喜歡。

嘉南平原也的確綠野平疇，禾苗的翻飛有如波濤的相連，煞是好看，仿若圖畫一般。鄉村的景色怡人，讀它千遍也不厭倦。

前些時候，我們去宜蘭玩，蘭陽平原一樣沃疇千里，讓人有如見故人的驚喜。我們還看到農田裡，放置了成排的稻草人，每個人的胸前還有字，定睛一看，原來是幼稚園的招生廣告，商人的腦筋動得可真快。

頭城有山水之勝，龜山、九股山、北關、金盈瀑布……景點頗多，淳樸小鎮自有種種迷人之處。

我突然想念起年少時，所見嘉南一帶的晨曦和夕照了。那時候，每天騎著單車上下學，看多了晨昏的美，當時只覺得尋常，如今細細思量，自有一番深情。

唉，我能不能乘著思念的雲梯，重回往日，再過一天那白衣黑裙的生活，再看一眼仍在盛年的雙親，再唱一次屬於青春的歌？

顧況——約七二五——八一四

字逋翁，號華陽真逸（一說華陽真隱），晚年自號悲翁，在仕途上建樹不多，晚年隱居茅山。

顧況的詩，由於吸收了民歌俚曲的特色，質樸平易，通俗流暢，承襲杜甫寫實的風格，是新樂府詩歌運動的先驅。善畫山水，並有著作，今已失傳。

暗夜裡的淚

誰在暗夜裡流淚，你可知曉？

我曾讀耿湋的〈秋日〉詩：

返照入閭巷，憂來誰共語？
古道少人行，秋風動禾黍。

秋日傍晚的陽光，返照在閭門小巷裡，我心中的憂慼，卻向誰人去訴說？況且在這條荒僻的古道上，從來就很少有人往來，只見那陣陣的秋風吹動著田間的禾黍。

秋日的淒冷，心中的落寞，無不躍然紙上。想人生旅程的荒蕪，憂慼多而歡愉少，怎不讓人感慨？還有那社會的邊緣人，盼不到足夠的溫飽，又將如何生存下去？

那天，有個婆婆帶著他的孫子到課輔班來，那是專為照顧弱勢家庭子女的，學費免，即使交不出餐費來，也沒有關係，我們可以向外募款，代為支付。

那孫子很活潑，學校作業則幾乎完全空白。婆婆是靠資源回收過活，早出晚歸，賺的是辛苦錢，看來所受的教育不多，無法教導孫子功課。隔代教養，並不容易，也會衍生出一些問題來。

弱勢家庭的背後，常各有故事。這孫子是婆婆的兒子在外和煙花女子所生。媳婦知道後，帶著兒女負氣出走。煙花女子後來也拋下了幼兒，不告而別。婆婆只好接手照顧他，後來連自己的兒子也不見了蹤影，只剩下祖孫兩人相依為命。

唉，日子難過也得過。

在課輔班裡，至少功課有人督導，課餘還可以看書或運動或玩遊戲。這小男生慢慢的也上了軌道，會主動寫作業，偶爾也幫幫老師的忙。

有一天，婆婆跟我說：「如果有人想要我這個孫子，我願意出養。」雖說，骨肉親情割捨不易，然而，當衣食都不能周全時，也只好想到出養的下策了。或許，到了別人的家，經濟狀況好一些，可以多讀一點書，將來也比較有出脫。婆婆跟我說這話時，心中想必也十分無奈。啊，窮人家討營生困難，若非不得已，哪裡願意這麼做呢？

我們的社會生病了，政府高官是否看得到老百姓的苦處？「朱門酒肉臭，路有凍死骨」，為什麼人間的悲劇總是一再的在我們的眼前上演？

當暗夜裡的淚悄悄落下時，傷痛的，何只是一人一家？

但願，舉世多的是善心人士，大家共同來照顧需要照顧的人們；也希望社會福利政策越來越健全，讓弱勢的家庭能不再暗夜流淚而得溫飽，也能感受到世間的處處溫暖。

耿湋

唐大曆十才子中，除盧綸外，同為河東（今山西永濟）人的，就是耿湋。

關於耿湋現存的資料很少。寶應二年（七六三年）進士及第。久經離亂，曾到過遼海和西北，這些經歷對他的詩都有影響，以邊塞為題材的詩，寫得真切，反映時代破敗悲涼的詩，寫得更好。他的生活常貧病交加，時代的紛亂與個人的際遇，使他的詩帶有感傷的色彩。以這樣的筆來寫長年戰亂後的荒涼，讓人感同身受。耿湋詩以清淡質樸見長，是十才子中風格最接近宋詩的。

期待美好的明日

一個社會的繁榮富庶，來自和諧。唯有群策群力，才能期待美好的明日。

「不患寡，而患不均。」這是孔子教給我們的智慧。貧富懸殊，會帶來嚴重的社會問題。當階級對立，仇恨的種子就已經播下，族群不合，則只有相互對抗。一個紛爭擾攘的社會，爭鬧不休，還談什麼建設？還能有什麼美麗的遠景？

我讀劉禹錫的〈浪淘沙〉，內心有很深的感觸，也有沉重的悲哀。他的詩是這麼寫的：

日照澄洲江霧開，淘金女伴滿江隈；
美人首飾王侯印，盡是沙中浪底來。

早晨的太陽升起，江上的霧氣逐漸散了開來，江中的沙洲輪廓也益發清晰了，這時候，淘金姑娘成群結伴散在江邊，認真的從沙裡淘洗出金子來，再累，也不以為苦。她們起早趕晚，投入工作中。反倒是上層社會的人們，擁有富貴權勢，你看，豪門女子所佩帶的金銀珠寶和王公大臣所使用的金印，都來自何處？全都是這些浪淘女子在沙中浪底辛勤所得。

貧寒人家，辛勤終歲，也未必衣食周全，不過僅止免於凍餒而已。反而是那所謂的上流社會，「美人首飾王侯印」，享盡了一切的資源，卻都是來自下層階級的辛酸血淚。

讀來，很有「遍身綺羅者，不是養蠶人」的況味；更嚴重的，也頗有幾分「朱門酒肉臭，路有凍死骨」的不平了。

貧富這般的懸殊，又哪裡是國家社會之福？

當付出辛勞的人，終日苦幹，難得溫飽；富貴階層卻養尊處優，整日安逸，這不是另一種掠奪嗎？勞苦大眾又如何平心靜氣，甘願忍氣吞聲呢？縱使忍得了一時，也絕不可能忍得了永遠。星星之火，足以燎原。長年累積的憤恨，一旦潰堤，怎麼可能不釀成可怕的災禍？終究有如火山的爆發，岩漿流散處，灼燙淹沒，生命無存，想想，能不為之驚懼嗎？

社會資產，應由全體所共享。沒有誰可以高高在上，巧取豪奪的。我從來就認同孫中山先生所提倡的「服務」的人生觀。能力強的人要付一己的心力，為千萬人服務，能力弱的人也要付一己之力，為少數人服務。在服務裡，相互協助，以求共存共榮，如此，才是全民之福。

劉禹錫常能重視且關心到民間的疾苦，也以此入詩，揭示了社會中種種不合理的現象。晚年的詩藝更精，與白居易多有酬唱，世稱「劉白」。

想一想：世路崎嶇，紅塵風雨，又有誰能逃躲得了呢？你，是否也有值得期待的美好明日呢？

讀著，讀著，雖不免有些惆悵；然而，我真心覺得：能有一個美好的明日可以期待，也未嘗不是一種幸福。

人間憾恨

我們都冀求人生的圓滿，然而，有誰能夠？月有陰晴圓缺，人有悲歡離合。我們需要歷經多少人世的歷練，才能明白這個道理？

年少的時候，我們面對挫折失敗，經常哀傷流淚。「為什麼會是我？」我們哽咽無語，內心卻都是委屈和不平。然而，紅塵輾轉，幾度飄零，不再是未解世事，心卻已斑駁蒼老，至此，也對人生有了寬容的諒解。

近日，我讀李商隱的〈暮秋獨遊曲江〉，感嘆於對情的深深執著，人間才有這麼多的憾事啊。他的詩是這樣寫的：

荷葉生時春恨生，荷葉枯時秋恨成；
深知身在情長在，悵望江頭江水聲。

荷葉正長得茂盛時，恨那春光易逝，一旦荷葉枯萎時，又恨那秋日來得太早。深深的知道只有此身在，情誼才能長長久久，如今，我只能在江頭悵然凝望，獨自傾聽那滔滔不絕的江水聲逐漸遠去。

的確，春天荷葉生長時，在盎然的生意裡，並不全然都是一團歡喜。秋天荷葉枯殘時，也不盡然都是纍纍秋實的豐收。成長和凋零，生存和死滅，原都是相依相倚。所有的繁華富麗都不過是眼前的雲煙，轉眼就要飄逝了。在這個世界上有什麼會是永恆的？風聲、水聲和無邊的寂寞罷了。人生也不過只是一場悲喜劇，嚴格的說來，傷痛多而歡娛少。一切的美好，其實是鏡花水月，留不住的。再多的光燦美麗，也只有剎那，餘下的，只是嘆息。這麼說，難道人生只有悲哀？也不必以這樣的消沉來看待。雖然，情難了，夢難圓，然而只要勇於面對苦難和缺憾，我們依然可以給予生命正面的肯定，願意接納，便有了一種對世事的洞徹和了悟。當我們在心境上有所超脫時，對萬事萬物也就多了一份珍惜的心，痛楚也罷，憾恨也罷，無非都是「人生的功課」了。

大自然中花草的榮枯，早已告訴了我們一切的繁華靡麗不足倚仗。人生的殘缺，不得圓滿，或許令我們惆悵，那是一種無奈，但是卻不該因此而喪志。有時陰雨有時晴，天候如此，人生難道不也是這樣？有陽光的地方，也會有陰影的存在。讓我們感激生命中的美好，那是上天給予的恩寵；也讓我們感謝生命中的困頓吧，這也是提供我們學習的地方了。

我們不應由於缺憾的存在，就棄絕生命，那是軟弱和不負責，更辜負了行走人生的這一遭。

李商隱的詩美，卻顯得隱約朦朧，但是這首詩有對人生的深刻探索，也特別的耐人尋味，我很喜歡。

慢讀唐詩
——悠然人生的 55 次美好相遇

作者	琹涵
總編輯	陳郁馨
主編	陳瓊如
封面設計	霧室
排版	宸遠彩藝
社長	郭重興
發行人兼出版總監	曾大福
出版	木馬文化事業股份有限公司
發行	遠足文化事業股份有限公司
地址	231 新北市新店區民權路 108-2 號 9 樓
電話	(02)2218-1417
傳真	(02)8667-1891
Email	service@bookrep.com.tw
木馬部落格	http://blog.roodo.com/ecus2005
木馬臉書粉絲團	http://www.facebook.com/ecusbook
郵撥帳號	19588272 木馬文化事業股份有限公司
客服專線	0800-221-029
法律顧問	華洋國際專利商標事務所 蘇文生律師
印刷	成陽印刷股份有限公司
二版一刷	2017 年 4 月
二版四刷	2020 年 7 月
定價	320 元

原書名：慢讀唐詩——愛上源自生活的美麗，2010 年，夏日出版。

國家圖書館出版品預行編目

慢讀唐詩 : 悠然人生的 55 次美好相遇 / 琹涵著 . -- 初版 .
-- 新北市 : 木馬文化出版 : 遠足文化發行 , 2017.04
面 ; 公分

ISBN 978-986-359-386-7(平裝)

855 106004015